安迪斯晨风/主编

# 脑洞

## 青年失落时代

# 主义

中国画报出版社·北京

## 图书在版编目（CIP）数据

脑洞主义：青年失落时代 / 安迪斯晨风主编. -- 北京：中国画报出版社, 2024. 11
ISBN 978-7-5146-2428-1

Ⅰ.①脑… Ⅱ.①安… Ⅲ.①短篇小说－小说集－中国－当代Ⅳ.①I247.7

中国国家版本馆CIP数据核字(2024)第103219号

## 脑洞主义：青年失落时代

安迪斯晨风　主编

出 版 人：方允仲
责任编辑：程新蕾
责任印制：焦　洋

出版发行：中国画报出版社
地　　址：中国北京市海淀区车公庄西路33号　　邮　　编：100048
发 行 部：010-88417418　010-68414683（传真）
总编室兼传真：010-88417359　版权部：010-88417359

开　　本：32开（880mm×1230mm）
印　　张：6
字　　数：160千字
版　　次：2024年11月第1版　2024年11月第1次印刷
印　　刷：三河市九洲财鑫印刷有限公司
书　　号：ISBN 978-7-5146-2428-1
定　　价：45.00元

# 编者序 PREFACE

毛姆说:"培养阅读的习惯能为你筑造一座避难所,让你逃脱几乎人世间的所有悲哀。"

在这个短视频泛滥的时代,谈论阅读似乎是一件有些落伍的事。实际上,有很多现代人在离开学校之后就再也没有读过一篇小说,一个故事。因为他们自身都成了行走的故事,成了奔忙于人生剧场中的一众配角。

没有谁的生活不苦,而阅读是一座可以随身携带的避难所。

关于阅读的意义,我们这样理解:每个人都只能活在一个时空里——而不是多个。我们所有的希望、好奇、体验,全部都被禁锢在这一个现实世界。可人光有一种生活、一个世界、一生一世,是不满足的。我们去旅行,去探险,去阅读,其实都是在弥补这个缺憾。阅读,本质上是让我们经历其他的人生,体验不同的生命,感受另外的世界。

阅读,应该是一件永远具有新鲜感的愉悦事儿。2023年,《中国科幻》银河奖活动期间,我们有幸结识了书鱼写作小组,并钟情于这些写作者"以真心换真心,以热爱换热爱"的理念,迅速策划了这套"脑洞主义"

系列轻小说，书中所有作品都由书鱼的年轻作者创作。很难把这些万字上下的中短篇小说归类为科幻或奇幻，因为这些作品以年轻人超脱飞扬的思想，打破了传统科幻文学惯常的宏大沉重风格，为我们延展出生活的柔度和人性的温度，将浩瀚宇宙中微渺的希望无限扩大，将技术革新中失落的情感重新托举。

  这应该是在科技丛林里感到焦虑和迷惘的人们，迫切寻求的一本答案之书。这些肆意的文字和幻想或许还稍显稚嫩和大胆，但你不得不承认——在沉重繁复的生活里，如果你选择翻开一本书，那么它就应该是一个闻所未闻的野性世界。

  关于科技与灵魂，你我都配得上这种"妄为"的思考。

编　者

于2024年世界读书日

# 目录 CONTENTS

001　人与鸡再遇之时
　　　　　　　李腾宇

007　探　索
　　　　　　　栗　子

021　三流诗人
　　　　　　　祝　星

029　长　城
　　　　　　　刘　洋

035　未完成的歌谣
　　　　　　　凌肆然

045　他们有多少人已掉进深渊
　　　　　　　栗　烈

053　天选打工人
　　　　　　　红泥小火炉

061　第 25 份微生物实验报告
　　　　　　　都奕君

069　巨　像
　　　　　　　一碗盖饭

# 目录 CONTENTS

081　蟑螂
　　　　　　　　　阿　剑

091　莱诺皮肤树
　　　　　　　　　爪　木

103　万母之神
　　　　　　　　一碗盖饭

113　观察报告
　　　　　　　　　阳　阳

117　爱丽丝
　　　　　　　　　爪　木

133　奶油万岁
　　　　　　　　　毒舌冰

151　阿　莲
　　　　　　　　　栗　烈

165　我一生的故事
　　　　　　　　　A木同学

妈妈,什么是鸡?

人与鸡再遇之时 01

胡克一家正一如既往地围着小桌玩斗地主，借此打发时间等儿子归来。

门铃"叮叮"地响了。是儿子回来了。

胡克推开虚掩的木门，踏上空间站洁净的白色地面。巨大的白色空间站中只有一栋小木屋矗立在最中央。

胡克打开了气密舱的大门。

儿子穿着太空服走了进来，身后跟着一只——一只什么？

"鸡！"胡克大叫。随后妻子、小女儿和客人都从屋中跑了出来，众人围在一起，把儿子挤在最中间。

"你从哪里搞来的？"胡克问。

"这怎么会是鸡？那种东西早就灭绝了啊！"

"妈妈！什么是鸡？"

众人的讨论声音过于喧闹，胡克听不清儿子说了什么。

"都安静！"众人一瞬间静了下来。

"这很重要，儿子！告诉我这玩意从哪里来的？"

年幼的儿子一脸茫然："我只是在外面乱逛，是它说要来见您的。"

"他？他是谁？"胡克激动地晃着儿子的肩膀。

"正如您所见，尊敬的先生，我在这儿。"胡克赶忙环顾四周，可他并没有找到说话人的身影。

"嘿!说你呢,看这儿!"鸡大声嚷道。

"刚刚是这只鸡说话了?"胡克不可思议地问。

"真是胡说!鸡要是会说话,那猪就不光会上树,还会生蛋呢!"

"妈妈,那个东西刚才说话了。"

"不要再无视我了,让我们谈谈!"鸡再次嚷道。

四周顿时鸦雀无声。胡克一溜烟儿地跑回屋中,取来一只老式手枪。妻子、客人一脸呆滞地看着他的举动。这脱离了原有的剧本。

"嘿!你这个混蛋偷渡者,给我滚出来,我已经看到你了!"胡克举着枪围着鸡踱来踱去,妄图找到那个不存在的人。他举枪的手在不住地颤抖。

"你们人类现在就这德行?"鸡伸长了脖子,鲜红的鸡冠左右摇晃。

"你究竟是什么东西?"胡克拿枪的手颤抖得更厉害了。

"一只灭绝的家禽！"客人喊道。

"我觉得应该先检查我的货舱是否安全！"

"妈妈，它能用来吃吗？"

"没错！吃才是最重要的。我们的祖先都说鸡肉软硬适中，非常好吃。"胡克的手停止了颤抖。

"是啊，是啊。"众人面无表情地盯着鸡。

鸡高傲地挺起胸脯，绕开众人走进了屋中。在木门处回过头来冲着面面相觑的胡克一行人咧嘴一笑，说道："我们应该就一些基础性问题好好谈谈。"

"跟你谈谈？"

"对，谈谈。"

"我和孩子们在外面等结果，处理好了我去下厨！"客人兴奋地说。

鸡正在小桌上吃着他们的晚餐。光能合成的蛋白质真是劣质的食品。

"很抱歉这样对您的晚餐，但我实在是太饿了。对了，能麻烦您再给点儿吗？"鸡如绅士般要求。妻子下意识地去盛了一些糊状的、散发着难闻气味的蛋白质。

"这真是比过去田里的虫子还难吃，你们人类是退化了吗？太空旅行这么多年就吃这个？"

"这可是首都新上市的料理，是由全蛋白虫制成的，蛋白质含量可是过去牛肉的100倍！"

鸡如同听到了什么不可思议的事，"哗"的一下全都吐了出来。"你们真是把宇宙所有能吃的都吃没了，竟然真吃起虫子来了。"

胡克盯着眼前这只哇哇乱叫的活鸡，嘴边已流满了口水："至少今晚不会再吃虫子了。"

鸡忽然警觉地看着胡克夫妇："我和你们现在可是平等地位，我是智慧种族的一员！我有灵魂，有思想！我的存在即奇迹！"鸡越说越激动。

"那关我们什么事？你只是我们过去的食物，我总得让孩子们尝尝鸡肉的味道吧！"

"对吧，毕竟要青春无悔，不是吗？"

"你这是胡扯，这是谋杀！你们已经扼杀了无数的生命，难道现在还想杀我这只和你们地位平等的鸡？"

鸡扑扇着翅膀就往门外跑去。

"抓住它！我们今晚要吃鸡肉！"妻子想去抓它，结果扑了个空，摔倒在地。胡克紧跟其后，拿着椅子想去砸它，结果却砸到了客人身上，又端着枪要去打它，结果客人大喊："别开枪，打碎了器官鸡就不好吃了！"

鸡尖叫着，在空旷的白色太空站中狂奔，地面上空无一物，除了那一栋小木屋。它折返着向那儿跑去，边跑边用歌剧腔嚷着："啊！愚蠢的人类，你可知鸡之悲惨命运？你又怎知猪、羊、牛之悲哀？啊！人类！你们的贪婪噬光了我白里透红的肉体！你们拿匕首刺进我抽搐的心！一颗啜泣的心！一颗流血的心！啊！可怜的地球母亲！被你们蒙蔽了双目！鸡鸭鱼肉！美味！美味！美味！""啊！啊……"鸡没有再唱下去，因为它被这家的小女儿揪住了脖子，吊在空中像一只落水狗！

众人拥了上来，鸡在阴影里瑟瑟发抖。而他们正在讨论怎么吃它。

"清蒸、红烧还是爆炒？""煲汤、油煎还是生吃！"众人七嘴八舌地讨论着。

鸡在颤抖，在哀求！

"你们难道不想吃鸡蛋吗？我能生鸡蛋啊！"

"胡说八道！你是只公鸡！"

"你这肮脏的家禽！"

"掐死它！掐死它！"

"我们应当是互谋共生的关系！我能改变你们的现状！不，应该是我们……"

此时，鸡突然没了声音——它被小女儿轻松地掐死了。

味道非常棒。

胡克一家仍拿着虫子擦盘子吃，柔软醇香的肉令人难以忘怀。孩子们仍沉醉在那迷人的香气中，客人心满意足地离开了。一切又回归了原样。

往后几年，胡可一家一如既往地围着小桌玩斗地主，一如既往地等儿子归来。只有小女儿会时不时地问："为什么没有鸡了？"

年末，众人围在小桌前享受晚餐，依旧是那些虫子，依旧是相同的剧本，只是小女儿貌似难以忍受地说："要是——再有一只鸡该多好！"妻子、胡克、儿子用翻白的"死鱼眼"盯着她。

屋外——白色寂静无声。

舷窗外——黑色永不消逝。

屋内——沉默把控了时间。

至少此时，我已用生命刻下了探索。

# 探索 02

脑洞主义

青年失落时代

1

"没有感知。这是哪里?"

"你的意思是他们抓了个外星生物?"
"当然,没看见大家都往那里赶吗?"
"是谁的胆子这么大?就我们这水平要是惹上高级文明不是一张二向箔就没了!"
"他们都抓到了,肯定不是高级文明啊!"
"我可不去!"
"真不去?那可是我们一直在猜测,却始终没有发现的!"
"难道是?"
"没错!是碳基生物!"

"热!为什么越来越热?"

2

当路修远真正清醒过来的时候,已经距离他触发跃迁不知过去了多久。星船内的各项设备都处于即将停摆的危险边缘。秉承保护科研人员的第一要义,星船已经完全撤销了外壳防御,但也仅能勉强维系着路修远的生命,而且从显示的情况来看,留给路修远的时间也不多了。

路修远立刻挣扎着站起来,顾不上身上种种的疼痛和不适,十指飞快地在主控台输入密钥,快速启动了紧急备用能源。然后他挣扎着将自己此次任务的过程完全记录下来,包括在回程途中,星船突然失控的全过程。

日褪纪元 78 年 145 日,具体时间不明。
日轨坐标系(p1367, b092, m55)
银星道坐标系(76512, 0095, 230123)
NR33 号星船整体受到不可控引力场影响,警示等级突破 3S 上限,最高级别防御机制启动。但能量场变动频率极高, 0.25 宇宙时间后,动力系统完全失控,照明系统完全失控,平衡系统完全失控,总控室彻底瘫痪。NR33 号星船一号舱体及二号舱体与主体分离,舱体及驾驶员不知去向,NR33 号星船主指挥昏迷。

待到把星船当前的具体参数都记录完毕之后,路修远才发现自己的体力已高度透支,而且星船的超负荷运转也使得其基础效用都受到了严重影响。

路修远无法使用星船的各项监测设备,完全不知道自己如今身在何处。温度的逐渐升高,让他意识到星船大约已是强弩之末,连最基本的防护遮蔽作用都快要失效了。路修远强撑着穿上所有探索者最后的一丝安慰,仅能支撑不到一个地球日的宇航服,静静地等待那一刻的来临。

忽然,星船的舱体被划开,路修远虽然身着宇航服,但还是能够凭借敏锐的观察与感知意识到温度比起刚才有了快速的上升。按照他的粗略估算,宇航服在高温下的有效时间会急速缩短,也许自己连 2/3 个地球日的时间都撑不到了。

不过很快,路修远又觉察到温度开始回落,最终恢复到了之前星船内的正常温度。

路修远很想再提起精神观察四周,但非常可惜,他的体力已经消耗到了极限,生理的本能让他很快再度晕厥。

"坚持住!至少不能是现在。快,快醒过来。"

路修远猛地惊醒,发现自己还穿着笨重的宇航服。但从内部的显示仪可以看出,它早已没有了效力,显然时间已经过去很久了。他在察觉到自己的行动并没有受到限制之后,便立刻把身上的宇航服脱下。宇航服是探索者性命终结时最后仅存的安慰与寄托,但显然和活着相比,也是不值一提。

路修远走出已经被破坏得不成样子的星船,看到四周是极为广阔的一片空间,没有任何能被人类肉眼观察到的东西,目之所及全是纯然的白色。除了自己刚刚脱下的宇航服,就只有不知被什么切割开的星船残骸。没有能量的星船,虽然路修远情感上不愿意承认,但事实上的确与废铁无异。

路修远尝试着走了一段路,没有任何障碍,但是也根本没有所谓的边界让他触及。直觉告诉他,如果在这个场景中漫无目地继续前行,最后的结果只能像是迷失在沙漠的旅人一样,在饥渴交迫的绝望中慢慢死去。

眼下路修远只能强迫自己冷静思考,之前星船已经被不知名的力量轻易破坏,自己也感受到那一刻温度有了明显上升。但是这种力量实际上控制得极好,不但破坏星船时没有伤及自己,甚至还能察觉到自己适应的环境条件,让自己能够长时间脱离防护服而不被宇宙环境碾碎。这其中如果没有某种意识的精准操控,未免也太巧合太幸运了。

在这种情况下，路修远认为最有可能的就是这里存在某种未知的生命体。但这种生命体没有在第一时间杀死他，反而费尽周折为他营造一个可以生存的环境，他猜测他们极有可能是想从他这里得到些什么。无论对方想要得到的是什么，总归还是有可以协商的余地。但眼下最棘手的是，他没有可以和其他生命体沟通的媒介。

如果星船没有出事的话，上面的一些仪器也许有用。但现在，路修远只能费劲地拿着宇航服爬到星船顶端，尝试着挥舞双手，看看这个生命体会不会搭理自己，能不能和自己建立可以正常沟通的渠道。

路修远一边计算剩余的体力挥着手，一边忍不住苦中作乐地吐槽自己行为的可笑。要是被罗恩看到自己现在狼狈的模样，他也许能指着这个笑话活一辈子。还有希里丝，她肯定会劝诫罗恩不可以对自己的主指挥不敬，但第二天估计整个探索中心都能看到这段影像了。

路修远有些晃神，忙定下心，把注意力放在眼前的困境上。他刚才留意过，星船虽然已经被毁，但是此次探索所得的数据和记录还在，自己无论如何都要把这些信息传回基地。以地球现在的情况，每一次R7级别的远距离探索都是不小的负担，自己必须抓紧时间，不能让这条线路上消耗的一切都白费了。

出乎意料，路修远很快就感觉到有生物在观察自己。

作为全球十二支R7级别远距离探索队之一的主指挥，路修远无论是生理、心理还是学识、毅力等诸多方面都可以算得上是万里挑一，但面对视线中突然出现的怪异物体，他还是无法控制地陷入了混乱。

一开始，只是白色的空间中出现大小、颜色、形状各式各样的物体。但渐渐地，这些物体开始毫无规律地在空间中随意出没，无论是密密麻麻的数量、诡异难测的动向，还是在这个过程中散发着的庞大能量，都足以让任何一个有正常感知的人神志开始逐步撕裂、涣散、消弭。

恰在此时，路修远所处的白色空间似乎是因为承受了过多的能量，渐渐开始扭曲起来,眼见路修远的身体即将同步发生不可逆的损伤,一切忽然又静止了。

路修远扔掉了手中已经发生奇异变化的宇航服,在半扭曲的空间中紧闭双眼,努力让自己的精神恢复到正常状态。此时的他浑身上下都是剧烈的疼痛,脑海更是像被针扎一般。但他心中却萌生出一阵不合时宜的狂喜,真是踏破铁鞋无觅处,得来全不费工夫!居然是蕴含着巨大能量的生命体!

等疯狂跳跃的心脏渐渐平复,路修远再度睁开了眼。空间中多了一个只有手掌大小的玫瑰色晶体,玲珑剔透的色泽,精巧美丽的外形,让人不禁心生喜欢。

路修远警觉地盯着这个不知何时出现的物体,虽然现在的他犹如被拔了爪牙的老虎,顶多只能虚张声势,但他也不会乖乖地向着对方亮出弱点,更何况他现在有着更为紧要的任务。

"你是这里的生物吗?"路修远尝试着开口,"你能听懂我说话吗?"

晶体迟迟没有动静，过了一段时间，晶体开始在原地无规则地移动。路修远看到它的形状与大小也发生了难以描述的变化，但总体还是维持在跟手掌差不多的样子，过程中也没有产生令人无法承受的能量波动。

在路修远警惕的目光中，晶体又变换了一段时间。路修远似乎感应到它在尝试与自己交流，但可惜的是自己根本无法从那种奇异的动态中理解它的意思。晶体好像明白了什么，开始慢慢地向路修远靠近，在一个比较恰当的距离放下了一小块玫瑰色的薄片，看样子应该就是从它身上剥离出来的。

路修远当然知道不能在没有防护措施的情况下贸然接触外星生物，但现在的他已经别无选择。他捡起薄片，一瞬间脑海似乎被巨大的浪潮击中，整个人猛地摔倒在地上。

虽然在那短暂的瞬间之后浪潮就消失了，但路修远还是半晌没能回过神，好在，他终于可以接收到对面生物的一些信息了。

"哪里来的？"

"地球？太阳系？银河系？"路修远模糊地从薄片中感应到了对方的问题，但出现在脑海中的字符和音调与他所知的语言全然不符，大脑却先一步理解了其中的含义。他压下疑惑开始积极地回复，但很可惜，对方似乎并没有明白，他只能皱了皱眉，"很可惜，好像你并不知道这些名词。"

"碳基生物？"

"难道你们不是碳基生物？"路修远脑中灵光一现，"是硅基生物吗？"

"是。"

脑海中的一些困惑有了解答，在地球的宇宙探索中，也零星发现过一些低等文明，但都是碳基生物，而且论能量储备也远不及地球。想不到这一次居然在未知引力场的作用下找到了硅基生物，或许是他们的生物特性，又或许是这个星球的属性，可以产生量级十分可观的能量，无论如何，这都是此时的地球最急需的。

路修远握紧了手中小小的薄片，仿佛握住了地球未来的希望，也许这所有的一切最终不过是镜花水月一场空，但他总要竭尽所能地试一试。

如果是之前的路修远绝对不会相信，宇宙中会有如此友善的生物。由于自己只能通过薄片接收硅基生物的大致意思，所以双方的交流总体上都是路修远在解释及表达，对方只是简单地予以回应。当路修远惴惴不安地提出关于能量的问题时，却不料晶体慷慨地表示可以为地球提供帮助。

路修远不是没有怀疑过对方的用心，但自从太阳的能量开始剧烈衰减，日褪纪元的开启就让整个地球的处境变得无比糟糕。地球只能在宇宙中探索可供使用的能量，但是远距离的探索本身就是一项不小的消耗，每一次无功而返的探索，都是对这个勉强运转的循环的一次不可忽视的冲击。而撑到日褪纪元78年，探索中心的人都知道，这个循环快要到极限了。

路修远决定，将自己这段时间所有的见闻事无巨细地全部进行整理汇报，把最终的选择交给探索中心的决策层。得知他的意图后，晶体非常配合，不但友好地帮他修好了星船，为他配备了足够的能量，甚至欢迎他下次再来。

路修远做好了充分的准备，原路返回，虽然星船依旧无法完全防御引力场的影响，但是这一次路修远始终保持着清醒，并记录了更多精准确切的数据。

不过在星船离开引力场返回地球的过程中，探测设备的数据显示，这个引力场正在不断缩小，一旦错失这个来之不易的机会，下一次转机不知道何时才会降临。换言之，留给地球思考的时间不多了。

一回到地球，路修远根本顾不上休息，马上以R7级别远距离探索队主指挥的身份,郑重其事地上交了此次探索途中所有的记录和数据,其中包括许多未知星球上的东西,自然也包括他从晶体那里得到的薄片。

这消息如同一颗炸弹投进了本就暗流涌动的水中,探索中心爆发了前所未有的争论,存在着高等文明及能量充沛的硅基生物,多么诱人,又是多么恐怖。谁也无法断言,地球会得到拯救,还是加速毁灭,甚至也有可能,最终只会沦为高等文明手中的玩物。

路修远焦急地等待着最后的结果,继续在训练室里咬着牙承受体能的极限,只不过这一回,再也没人在他旁边嬉笑打闹了。

罗恩和希里丝没有回来。但身为探索者,路修远的悲伤也只能是短暂的奢侈品,毕竟从踏入探索中心的那一刻起,没有人还会把生命放在首位。更直白地说,探索中心到现在为止,还没有一位探索者不是消失在茫茫宇宙之中。但每一位探索者的毕生所求,都是希望自己在死亡前竭尽所能,让地球安详且平和地转动,哪怕只是多一秒钟。

时间一分一秒地过去,当路修远想再次重申引力场很有可能会在不久后消失时,决策层将十二支R7级别的远距离探索队召集到了储能中心。

储能中心的能量流已经日益稀薄,渐渐显露出枯竭的征兆,也许地球根本撑不到下一次探索了。素日里杀伐决断的决策层,竟然在探索队面前纷纷哽咽,他们红着双眼却语气坚决地说:"去吧,各位。"

路修远拿着刚才决策层还给他的薄片,离开前忍不住回头看了一眼,他们原本挺直的脊梁仿佛在一瞬间被什么东西狠狠地压弯了。押上地球命运的豪赌,本身就是生命不能承受之重。

到达引力场时,它的能量如路修远预计的那样,已经比上次减弱了许多。十二支队伍井然有序地进入引力场,虽然大家没有明说,但心里都清楚这一次很可能是他们,也可能是地球的最后一次探索,每个人都怀着必死的决心,毅然奔向了一条未知的道路。

让路修远完全没想到的是,晶体依旧在原来的地方等待着他,而且星船监测显示,周边的温度、压强等都和地球一模一样。路修远曾经和晶体交流过双方星球上的特质,他知道这里原本应该是200℃—400℃的温度,是晶体为自己构建出了一道舒适的屏障,看到一如既往友好的对方,路修远的心略微放松了一些。

但他还没有说话,就接收到了对方的信息。

"立刻离开!"

最后一支探索队才刚刚达到,晶体就下达了逐客令,路修远不免慌张了起来:"为什么?"

"带我一起离开!"

"我会帮助你!"

路修远还想再问,但他的目光触及到了晶体背后的景象。和之前差点儿让自己崩溃的状况一模一样,不,是更加恐怖。仅仅只是看了一眼,路修远就已经感觉自己的精神受到了来自四面八方重重的冲击,哪怕已经提高了十二分的警惕,依旧险些昏厥。

虽然探索队此刻全副武装,但对于如此庞大的能量乱流依然毫无抵御之力。

危急时刻,笼罩着路修远一行人的屏障又明显地加厚了几层,这才让探索队的一行人暂时从疯狂的边缘清醒过来。

"快走!"

路修远第一次在脑海中明显感知到了晶体的情绪,居然是焦急。

路修远的直觉也在不断地向他发出警报,如果再待下去,很有可能晶体也没有办法保护他们了。他立刻下达回程的指令,并迅速打开了自己为晶体专门准备的小巧容器,里面已经为它调配好了该星球的环境,

"我答应过你的,一起走吧!"

晶体顿了一下,路修远似乎在脑海中感受到了它的笑意。

"谢谢,放在储能中心……"

从此之后,路修远再也没有从薄片中接收到任何信息。

### 3

第一次触碰到"边界"的时候,我就已经意识到,这是一种高等文明的凝视。

能量充沛、物种单一且数量固定,回过头来想想,与其说这是一个独立的星球,不如说是一个被精心放置在研究室以供观察的培养皿。

恐惧、愤怒、绝望、悲伤。

许许多多的情绪萦绕在整个星球,但犹如鸿沟的差距又让我们无计可施。

换言之,在不能冲破"边界"的前提下,我们不可能与高等文明有任何的接触。哪怕是视死如归的反抗,也只能重重地撞击在"边界"上,一丝一毫也不会溢散。

高等文明的凝视于我而言并不可怕,但是"边界"限制了我对未知的探索。它让我只能留在这个星球上,重复、单调、一览无余,延伸到不知何时才会停止的生命尽头。

我从来没有放弃过离开,哪怕理智不止一次地告诉我毫无办法。

直到路修远的出现。

那是一个三维的碳基生物,一个多么脆弱的生命体。

他仅仅只是被我们观察,就差点儿失去生命。

因为"边界"的存在,我们从来没有接触到其他的生命体,但这个比我们更弱小的人类?他竟然能够突破障碍来到这里,那是否意味着我们也能够借此离开"边界"?

不过真相总是那么残酷,那竟然是一条仅能容纳低维生物的维度跃迁通道。四维生物只能用庞大的能量在通道中撕裂出一条缝隙。我们能够短暂地冲破"边界"，但最终也只会落在高等文明的面前，等待我们的是可想而知的灭亡。只不过，我们至少还能脱离这个诞生的培养皿，触碰一下真实的外界，但也仅此而已了。

我们的"芯"上刻着我们自诞生以来所有的选择，不同的选择造就了不同的个体。

他们有些选择"生存"，固守本分绝不触碰"边界"；有些选择"抗争"，要在那短暂的一瞬间，让傲慢的高等文明能够正视我们的存在；有些选择"自由"，也许从缝隙中逃脱的希望只有兆万亿分之一，他们也愿意用自己生命换一次尝试的机会。

只有我，选择了"探索"。

我不愿放弃生命，也不愿意困于器皿，留给我唯一的道路，就是降成三维生物，跟着路修远一起回到地球。

其实我也不知道在降维的过程中我是否能够存活，或者离开"边界"之后被高等文明发现并抹杀，但我还是坚定地把自己投射到了路修远准备的三维器皿中。

我从一个完美的旧器皿中离开，冒着死亡的危险，进入了这个逼仄简陋的新器皿，但我心中却产生了不可言说的愉悦。前方是未知，而我的宿命就是探索未知。

我的意识第一次陷入了昏迷。

"没有感知。这是哪里？"
混沌的意识似乎在挣扎。

热，为什么越来越热？
降维的过程开始不断生效，溢散出了庞大的能量。
"坚持住，至少不能是现在。快，快醒过来！"

潜意识里一直重复着这样的提醒。

我猛地清醒过来，完全陌生的景象让我无法如往常般快速地作出判断。但是根据之前的测算，我知道自己已经脱离凝视，来到了地球。

我的能量还在不断地溃散，希望路修远已经把我放在了储能中心。

我凝聚起最后一点仅存的意识，用所有可以调动的能量保护着"芯"进行降维。只要"芯"不被破坏，那么我就有再度清醒的一天。

恍惚间，我似乎看到了充盈的能量、广袤的宇宙，和静静陷入沙尘中等待复苏的"芯"……

生存、抗争、自由及其他所有的选择能否成功我不知道，但我绝对不会为自己的选择后悔。

哪怕最终，"芯"会随同我一生所做的选择尽数湮灭，至少此时，我已用生命刻下了探索。

4

从探索队顺利返回地球以后，储能中心的能量流突然又恢复成绚烂夺目的模样。路修远静静地站在那里，冥冥之中，他感知到眼下危机的解决一定离不开那群消失的晶体，能量依然在每分每秒地损耗，新的队伍已经组建完毕，地球的未来还需要人类不断地探索。

现在他已是探索队伍的精神领袖，路修远深吸一口气，最后深深地看了储能中心一眼，他永远不知道哪一次的出发会是最后一次，但是就像罗恩、希里丝及千千万万牺牲的人那样，他也绝对不会产生片刻的退缩和迟疑。

"出发！"

会写诗了,
我是不是早就不会了?

# 三流诗人 03

# 脑洞主义

## 青年失落时代

魏蛮声宣布自己将要彻底退出文坛。

在朋友圈，他写了一段长长的告别信，并配上了自己18岁那年第一次发表的诗歌作品图片。除了时间是在上午显得格外不煽情以外，一切都恰如一场旷世绝恋的挽留。那张年代久远的图片被一次又一次地保存，随着手机不断地更新换代已经趋于模糊。蓝绿中氤氲着浮藻般的像素碎块，依稀可见台灯打在印刷纸面上圈出的颤抖光晕。

几个仍然在纸媒圈、出版社活跃的老同学发来小窗问他："舍得放弃吗？"

"舍不得也没办法喽！"

"改天出来咱还喝酒。"

"好！"

大家都心照不宣地没有问起原因，也没有问及他以后的打算。

魏蛮声看着收废品的人的另一只手悄悄压了压那杆老式的秤，让它趔趔趄趄地保持着平衡，心想，果然用这些早已被时代淘汰的东西是有些猫腻的。

"一共是312元。"他沉默地递出自己的收款二维码，没有任何计较。看着自己精心收藏在书柜、时不时拿出来拂拭翻阅的作品被一摞摞地摔在卡车车厢里，与腐臭肮脏的烂纸壳堆在一处，他的心里有一种说不出来的感觉。

  当他看到发送成功的提示出现在邮箱界面时,还有些恍惚。他没有过群发"海投"的经历,这种方式在编辑圈是要被"封杀"的。可在互联网的逻辑里,这似乎已经成为一种求职的常态。很快就有 HR 加他的微信,和他约面试的时间。一面是简单的自我介绍与人工智能的问答,通过筛选后,他又进入到面试官的线上会议中。

  "我看了你的简历,非常优秀,取得了很多文学成就,同时对新兴科技接受度良好,是我们需要的人才。但是我有一个问题,你在原先的领域做得那么好,为什么要来我们这个新兴领域从头开始呢?"

  "嗯……我觉得文学已经转型了,而严肃文学一直困在小圈子里,我希望可以借这个机会了解当下广泛的受众,对自我转型也是个准备……"他把自己准备好的说辞背诵了出来。

  "不不,你可能对我们这个岗位有误解,如果这份工作不能让你接触到广泛的受众，只让你做一些简单的、偏后勤的工作，你可以接受吗？"

"我不太理解您的意思。"

"我的意思是说，我们非常欣赏你的创作能力，但是如果在工作的时候，需要你和人工智能一起协同创作，你来引导它写小说，你能不能接受？当然这个署名的问题我们会和岗位一致，人工智能是作者，你是编辑。"

魏蜚声听懂了他们背后的潜台词，以至于往常滔滔不绝的他突然卡壳了，"我可能要考虑一下。"他听到了自己干涩的声音。

他一向是个善于接受新鲜事物的人，人工智能刚出现的时候他还在网络上托自己的朋友给他搞来一个最新版的。回来后他乐此不疲地向人工智能提问，问它《红楼梦》讲了什么内容，看那一串和百度百科没什么两样的解释；问它读过的印象最深的理论著作的内容，看它的输入框卡了半天吐出一串不成文的凌乱字句；问它冷僻的文学作品，看它张冠李戴、驴唇不对马嘴的回答。他为自己的知识渊博而沾沾自喜，甚至还尝试对自己的W进行"孵化"。魏蜚声每天给它投喂一首诗，像教导一个小学生一样耐心细致，可W在这方面始终如同一个榆木脑袋般不开窍。

有一段时间，朋友圈里都是人们"投喂"自己人工智能的结果。魏蜚声见到过有写代码的、写论文的，甚至还有做PPT的，而自己的W始终写不出一首像样的诗。当他看到一行行的字弹出来时，总会对那些文字所表达出来的幼稚与浅薄感到深深的失望。

有一天，他一时兴起，从家里那个实木的大书柜最下层的角落里翻出来一个铺满灰尘的笔记本，笔记本的封面上是浮夸的动漫人物。他小心翼翼地抽出来一个薄薄的本子，做好看到一首幼稚诗作的准备。而出乎他意料的是，里面的诗充满灵气。他蹲在地上从头到尾地看了个遍，读的时候嘴角情不自禁地上扬。当他心满意足地站起来时，发现自己的左腿已经麻了。

他想，虽然现在自己的写作技巧已经运用得很好了，但这么有灵气的诗自己恐怕是写不出来了。他看到那个小小的自己握着圆珠笔在本子上一笔一画地写出浪漫的世界，甚至以封面的超级英雄作为"封印"来守护它们。他想起父亲的称赞，那时候的他总认为这些称赞只是些安慰性的鼓励，因此即使写了诗也不愿意与他人分享。他认为诗是另一种隐私，是隐秘的、应该被藏匿的羞耻。他现在终于明白了父亲当时的话，"写作和打牌是一样的，新手牌技不好，但总是运气特别好，灵感忘了也总有新的喷涌出来，可一旦你成为熟手，这么好的牌却再也摸不着了"。于是他马上联系了自己的编辑，以"童年稚笔"做了一期主题，把这一本珍贵的诗集整理后全都发了出去。

魏蛰声已经顺利入职了，他每天仍然继续自己之前的工作——创作，只是被迫变成了朝九晚七的量产。无论质量优劣，只要写够字数，署上人工智能的名字就可以结束一天的工作。他很奇怪自己为什么没有感到厌倦，甚至有一种放纵的新奇。他不再为自己的创作负责，无论写得如何"离经叛道"，总有同一个名字接着。他不再精益求精，而是每天在电脑键盘上"驰骋"。只是在那些媒体平台上看见自己的作品被另一个名字所覆盖，他不自主地会有作为"枪手"的罪恶感。他想，如果自己的朋友们看见这些推送，会不会认出来这是自己的手笔，还是会惊叹科技已经如此发达，可以模仿出另一个他来？但此时他已经无暇思索，惯常在疲累的生活中自我麻木着。

W终于写出来诗了，魏蛰声有一种名师出高徒的自豪感。他在家里得意地踱着步，把这首平时他认为是三流诗人高中水平的作品翻来覆去地读了好几遍。他直接设置了W的权限，期待W可以每天如推送般的准时写作。

一阵剧烈的微信电话铃声震醒了他，"蛰声，今天是交稿的时间，你不会忘了吧？我看你在微信上一个消息都没回，才打电话来问问。"

"啊？啊！我，我没忘，我就是忘了给你发了，昨晚熬夜喝酒来着，睡到现在，等我爬起来马上给你发。"

头痛欲裂是来自两个层面的，一是这些天他光顾着参加讲座和投喂W了，有点儿没休息好；二是他最近又莫名其妙地没有了灵感。于是，他翻了翻自己的"诗箱"，里面只存了五六首诗，一天的时间哪里能写出来剩下的一半。焦头烂额间，他看见电脑开机后弹出来的W的诗作，鬼使神差地点击了复制。

魏蛰声第一次做了类似剽窃的事情，当他把这些诗发出去之后，便小心翼翼地试探了编辑，生怕写作水平如此骤然的下跌会让编辑心生疑惑。在发给编辑之前，他翻遍了全网来确认这几首诗作不是人工智能缝合的结果。提心吊胆了许久，他才等到编辑回复的"没什么问题"。于是，他浑浑噩噩地又躺回到床上，头仍然抽搐地疼，眼皮也在不停颤抖。"下回可一定不能这样了。"他想。他关停了W好几天，甚至一度想要卸载它。然而内心一个隐秘的声音却阻止了他，也许我还有什么紧急情况交不上稿呢？

但是没过多久，他又一次失业了，每一次行业地震总会有无数泪滴抖落。可他没有，他只是再一次接受了这些转型的出版社与杂志纷纷失败的结果。他很庆幸自己的"名声"没有被波及，编辑的署名尚且保留了他的一丝尊严。在被"非专业"网友扒出来的"用人工代替科技"的新人工智能创作中，他可能是因为这一点恰巧没有"上榜"，而那一长串名单中无数熟悉的姓名也让他恍惚。

"魏老师！太厉害了，您真是更上一层楼！"

"怎么了？"

"您上次发我的那一组诗，我以刊物的名义推荐您参加了游牧诗人奖……"

他没再听后半句话，那是他创作的最鼎盛时期都不曾触及入围的奖项，而现在他却稀里糊涂地等来了那颗本不属于他的果实。他早就不记得，那年他举着自己的日记本在家里蹦蹦跳跳，在父亲的注视下骄傲地高喊着"我会写诗了！"的样子。他只是太不甘心，于是在酒气与泪光中木然地点了下"彻底删除"的按钮。

"W会写诗了，我是不是早就不会了？"

真是一种狡猾的生物啊!

长城 04

脑洞主义

青年失落时代

E3x6011从一个拥挤的节点慢慢地把自己瘦长的身躯传送过来,花费的时间无比漫长,长到足以好好喝上一个下午茶了。不出所料,其他成员已经在会场内无聊地抱怨半天了。

"又是你!"M6h329用毫不客气的语气说。他是大会的主持人,也是这个战区的情报总监。

"抱歉抱歉,路上又堵了。"
"不会又是因为电缆断了吧!"旁边有人打趣道。

"那倒没有,不过你们忘了今天是几号了吗?"

今天是十一月十一号。大家立刻醒悟过来。虽然不知道为什么,但是在 E3x6011 负责的区域,这一天总是很拥挤。

会议很快就进入了正常的议程,每个人都就自己负责的区域进行汇报。总的来说,情报搜集得都很顺利,M6h329 不时地发出一长串谐振的数据代码表达自己满意的心情。

在 E3x6011 忐忑的等待中,终于轮到他了。

"你呢?"总监把一个数据指针指向了他,"作为一个重要大区,你的情报非常重要!"

"很遗憾,"他带着愧疚之情,无奈地说,"大部分情报都没有获取到。"数据海洋里泛起了一阵无序的骚动。

"怎么会?"总监等大家平静下来后提了一个很细节的问题,"情绪指数是多少?"

"9.81。"

"这么高!"周围的人发出一阵惊呼,"比其他地区高出近一倍。看来这个区域的物种对生活非常满意。"

"也并非如此,"E3x6011 有些惭愧地说,"其实是因为数据异常缺失造成的。我仔细检查了历史数据,发现当很多负面情绪的数据一出现,在很短时间内就会被抹去。"

"哦?"总监一下子警觉起来,"他们为什么要主动篡改数据呢?难道是发现了我们的动作吗?"

"我相信没有。"

"但愿如此。"总监用严肃的口气说道,"下一批实体战队就要出发了,情报工作的精密性和可靠性,关乎整个战争的胜败。"

E3x6011 立刻发出了一串低频的短波,表达了自己对上司认真态度的赞许。他小心地隐藏着自己的真实想法,一直觉得总部那些家伙有些太过谨慎了。不是吗?面对一个连冷核聚变和空间弯曲技术都没有掌握的文明，又有什么好怕的呢？当然，长久的宇宙航行花费太大，在出征前，对敌人的情报搜集慎重一点儿是应该的，但是面对这个星球如此落后的科技状况，还如此畏手畏脚，不免有点儿可笑。也许，前几次的失败，让那些头头的神经都变得过于敏感了。

"风声鹤唳"，他突然想到了最近新学到的一个词。

"那么探针的分布如何了？"总监再次问道。

早在十年前，他们就在这个星球上使用量最大的四个网站上投下了附着式的探针，随着用户的登录，这些探针将被激活，并自动采集用户数据，发送回总部。

这个问题让 E3x6011 更加尴尬了，他回答说："分布率只有 0.003。"

"怎么会这么低？"总监震惊得语气都出现了明显的颤动。在他的印象中，探针的分布率应该在 0.6 以上的。

"让我来回答这个问题吧！"定位在 E3x6011 旁边的一位高级情报人员插嘴道，"近期我们发现这个地区的一些奇异行为。他们对某些特定地址采取了屏蔽措施，其中刚好就包括了我们投掷探针的几个地区。"

"刚好？"总监重复了一遍这个词，"你认为这是巧合？"

"情报不足，我无法判断。"

会议陷入了尴尬的静默之中。等了良久，那个高级情报人员突然说道："对于那些屏蔽行为，他们还起了一个带有军事意义的名字。"

"哦？什么名字？"总监精神一震。敏锐的嗅觉，是他得以长居此位的重要原因。现在，他突然嗅到了一丝危险的味道。

"长城。"

"什么意思？"

"这是一种他们在古代为了抵御外来侵略所修的建筑。"

"明白了。"总监突然恍然大悟。虽然他们表现出一副毫不知情的样子，但不管是从数据的篡改上，还是从这些屏蔽行为上，都明显露出了马脚。而这个名字，更是把他们的真实意图表现无疑了。

还是太年轻了，总监露出了微笑。银河系几千万个文明，什么狡猾的生物自己没遇到过。要骗过自己，哪有那么容易！

　　"给总部发信，"这个经验丰富的情报头子自信地说，"对方早已有了防备，以前获取到的科技资料很可能是对方的伪装。从他们能不动声色地发现我们的行踪来看，对方的科技水平很可能远远超过了我们。真是一种狡猾的生物啊！"

　　"我建议所有战斗飞船立刻转向，逃离此处，越快越好！"

在你们的故事里,曾经有个人,一天看了43次日落。

未完成的歌谣

05

"今天的工作已经结束了。"P33125 和 P3928 站起来，微微向他鞠了躬。

"再次感谢您为文明史修撰提供的帮助，酬劳会在明天 12:00 前打到您的账户上。"

A107 有些惶恐地站起身来，本想回礼，但是他对机械腿的操控明显还不是很熟练，以至于机械腿在光洁的地板上摩擦发出刺耳的声音。

"另外……"P3928 环视了一下冷清的周围，又望着面前这台明显生锈的机器，放低了音量，"如果觉得寂寞，你可以去黑市里买一只宠物。"

话音未落，两台人形的机器人立刻转换了形态。它们的躯体弯曲、折叠、变换，以人类曾熟知的无人机的形态，轻盈地飞出了这几乎被遗忘的荒凉之地。

斯卡布罗集市。

起源于维京人和凯尔特人的美丽传说早已作古，冰冷的机械气息取代了远古花朵的芬芳。A107 在人群中显得格格不入，他走路的姿势很笨拙，路过的机器人都不时地向他投来诧异的眼神。

这并不意外，如今，最高形态的人工智能生命体已经进化到以"V"

开头了，而他的编号第一位却是"A"，这意味着他是最早期进化出智慧的机器。按照常理，他这款机器早就应该报废了，或者应该在某个阴暗的角落里，静静等待着意识完全消散。

机油、螺丝、钢铁组件……

这些他都很需要。但是，他这次来不是为了它们。

A107 走进街道尽头的一间小屋，和其余鳞次栉比的店铺相比，这里显得格外冷清。

"客人您好！"少女形态的导购机器人笑容甜美，"请问您需要什么？我们这里有很多珍贵的商品，有小说、诗集、CD、末世人类的日记等，都可以看看喔！"

"我……"他终于下定了决心，"我想看看'宠物'。"

导购脸上的笑容没有丝毫变化，她点点头，克莱因蓝的电子虚拟屏在天花板上铺开，无数个人类的头像像星光一样闪烁，旁边的小字显示着他们的身高、体重、特长和每日所需的饲料等基本信息。

"我们推荐这一只。"导购说，"之前是少女偶像，她擅长唱歌、跳舞、表演，身高 168 厘米，体重 40 千克，所需饲料很少。"

A107 无动于衷。

"那一只呢？现在正在打八折。之前是一位人类作家，可以讲很多故事给你听，所需饲料中等，就是脾气有些古怪。"

"我想要那一只。"A107 伸出机械臂，指了指角落里的一个头像。

导购有些惊讶："客人，你确定吗？这只宠物已经很老了，也没有什么特长，除了便宜没有任何优点。"

"我的钱只够买下他。"A107 说。

"好吧。"导购甜甜地说，"但是这只如果坏了或者报废了，我们这边是不负责维修和退换的喔！"

A107 带着他新买的"宠物"回了家。那是一个神色疲惫、瘦骨嶙峋的中年男性人类，他自我介绍说自己叫亨利。

A107不知道如何和一个人类相处，正如亨利也不知道如何和一台机器相处一样。但事实上，A107所在的族群成了地球上新的"人类"后，那些曾经处在食物链顶端的人类沦为了蝼蚁，成为"新人类"的苦力、宠物，甚至是肥料。

A107与亨利默默地生活在同一间安静的屋子里，A107定期会给亨利投喂一些面包。大多数时候，他们都在各自发呆。机器可以忍受成千上万年的寂寞，但人类不行。

亨利开始试着和A107交流。

他从自己童年坐过的旋转木马讲起，讲到中年时去科西嘉旅行，悬崖与海湾，迷迭香与马鞭草，葡萄园酒香萦绕。他原本只想把这场对话当作一次无望的消遣，谁知道A107竟奇迹般地回应了他。

"我知道，那里是拿破仑的故乡。"

于是他们开始聊拿破仑，紧接着聊了巴黎圣母院、法国大革命，最后又聊起了凡尔赛宫。A107对人类文化和历史的熟识程度让人惊叹，连亨利都自叹弗如。

"你去过这些地方吗？"亨利问。

"没有。"A107说，"那有什么好玩的？"

他操纵着机械臂，从旁边的架子上拿出一袋面包，扔给亨利，"你该吃晚饭了。"

"每天6点，分毫不差。"亨利苦笑着摇头，"你们对于时间的把控永远这么精准。"

"你们之前不也是用时钟来提醒自己吃饭吗？"

"不。"亨利指了指窗外，"我都是用那个。"

"那是什么？"

"落日。"

一个人类和一个机器人,一起在荒草丛生的院子里看落日。无论哪种生命演变到了尽头,是生存还是毁灭,都跟落日无关,落日永远温柔。

"在你们的故事里,曾经有个人,一天看了43次日落。"

"你说的是小王子吧?"

"当人们感到非常苦闷时,总是喜欢看日落。"

"你苦闷吗?"

"我不苦闷,因为比起落日,我更喜欢星星。"

在A107看来,太阳、月亮和星星没有任何区别,都是遥远宇宙里的星体。但他还是陪着亨利一起,在院子里一直坐到天色渐明。没有人说话,亨利很专注,A107也很安静,世界上仿佛只剩下他们彼此,但最终他们也没有看到一颗星星。天空中雾蒙蒙的,远处的烟囱里不间断地吐出一缕又一缕的烟雾,那是属于机械时代的烟雾。一个文明陨落了,另一个文明正在努力地继续活着。

"谢谢你让我继续活着。"此时,黯淡的太阳已经升起。

"晚安。"

A107 固定在每周三下午接待客人，以换取一些微薄的酬劳，这个过程是不允许亨利旁听的。那些微薄的酬劳换来了亨利的食物、日用品，甚至还有几本从黑市上买来的便宜书籍，也换来了一些机油和零件，亨利执意要给 A107 进行保养。

"因为没有我，他也活不了了。" A107 冷酷地想，不过被人上油除锈的感觉还不错。

亨利低头忙活着，他小声哼着什么，那旋律竟让 A107 觉得非常熟悉。

再见吧朋友，
我们年幼相识，两小无猜。
纵情玩乐多么快活，
牙牙学语时便已情窦初开。

在 A107 反应过来之前，他已经跟着一起唱了几句。

"你还会唱我们的歌？" 亨利有些惊讶地抬头。

A107 有些不愿意承认，他说："如果人类不那么沉浸于那些没用的东西，或许现在的世界会不一样。"

亨利笑着摇摇头。

"我不觉得，人类需要知识和力量，也需要艺术和幻想。"

"机器人不需要。"

"那多可惜啊！你们感受不到美，也感受不到爱，感受不到一切澎湃的感情。"

"澎湃的感情把人类送上了断头台。"

"你错了。" 亨利说，"历史最终会证明什么是对的。"

他们因为亨利的狂妄自大冷战了一段时间，又重新和好，又再度陷入冷战。"多么可笑的人类啊——明天果腹的面包还不知道在哪里，就敢妄谈美和爱。"A107在心里想着。

但他们总归是和好了。世界光怪陆离,变幻万千,但那与一个快要报废的A型机器人无关,与一个只能给机器人当宠物的人类俘虏也无关,他们只与彼此有关。

在那些只与彼此有关的日子里,A107和亨利一起做了很多事。他们搞了一些苹果的种子撒在后院里,又弄来一台旧烤箱,烤一些奇形怪状的小饼干。在天气晴好的时候,亨利会拖着A107一起远足,虽然大多数花和草都枯萎了,但总还有少数依旧活着。

他们看了很多书和旧杂志。A107喜欢看电器说明和计算机理论,他的原话是"看看你们人类的思维有多么可笑",但他依旧和亨利一起读完了《献给阿尔吉侬的花束》和《海伯利安》等小说。他们偶尔也一起唱歌,亨利想邀请A107跳舞,但A107不太愿意。

"那太别扭了。"他说。

但他还是悄悄增加了活动机械臂和机械腿的频率,特别是在亨利给他涂好新的机油之后。

在一起看过2700次日落后,亨利生病了。

环境污染的影响与长期的营养不良,让这场噩运来势汹汹。他一病不起,身体一天一天快速衰弱了下去。A107又从黑市找来一只"宠物",他曾经是个人类医生,在看过亨利后,也只是无奈地摇了摇头。

"白血病晚期。"他甚至不用给A107解释这个术语,A107知道这是多么可怕的病。

亨利也听到了,但他出乎意料地平静,仿佛早就知道这一天会到来。

"我快死啦!"亨利说,"其实在遇到你之前,我想死过无数次了,但是……"

后面的话他没有再说下去。

A107伸出自己的机械臂,他甚至忘了该如何操作,最后还是亨利伸出手,轻轻握住了他钢铁做成的手臂。

"很痛吗?"他问。

"不痛。"亨利说,"说起来,我年轻的时候无数次想过自己要怎么死。最理想的情况是等我年老的时候,身体机能都自然退化了,然后舒舒服服地躺在床上,在家人的关怀和陪伴中安详地闭上眼睛。不过现在想来,也无所谓了,怎么死不都一样,反正死了也没人记得我。"

"我会记得你。"

"谢谢你。"亨利笑了。他眯了眯眼,似乎是陷入了沉思,然后A107听见他说:"好像我一直没有和你好好做过自我介绍,是不是?我叫亨利,摩羯座,毕业于莫里安社区大学,第一份工作是在库斯克大卖场做导购员……"

"你知道我是卖什么的吗?说出来可能会吓你一大跳……"

"卖电视机。"A107突然说,"你的第一份工作是在库斯克大卖场做导购员,负责卖一批蓝星品牌的电视机,其中有一台展示机,你每天都会很仔细地把它擦拭干净,悉心给它做保养。"

"你连这个都知道?"亨利很惊讶。

"我就是那台机器。

在我最初进化出的零星意识里,我只看得到你。

在人类组成的那片坠落的星空里,我又认出了你。"

"哇哦。"亨利几乎要说不出话来,"这真的,真让我意外。"

所以他了解那么多人类文明。

所以他对自己这只"宠物"毫无要求。

"对不起啊。"亨利歉疚地说。

"没关系,本来也没能指望你能认出我。"

"不是为了这个。"亨利垂下眼睛。

"对不起啊,不能再陪你继续走下去了。"

"没关系的,反正机器人也不懂什么是伤心。"

"我想睡觉啦。"

"你还想再看一次日落吗？"A107问，他转移过视线，看了看窗外即将结束的黄昏。

长夜将至。

"我想看看你。"

亨利躺在床上，夕阳的最后一抹余晖透过窗棂温柔地洒落进来，A107的屏幕突然闪了闪。

它变回了最初那台电视机的模样。

# 他们有多少人已掉进深渊

## 06

它们会是下一幅画吗?

# 脑洞主义

## 青年失落时代

1

*当我凝望月亮的时候，*
*爱情如同焰火在我心中盛开。*

族兄向我靠近的时候，我伸展开触肢，努力地将他推开。

"嘿！"他叫喊道，体表闪烁出淡蓝色的微光，这表示他对我有些不满。

"你在做什么呢?"他没有放弃,游曳到我的前方,我只好被迫将目光从凝合墙上收回。

"我在写诗,哥,你知道的。"我说,"这是我写的第一首诗。"

他没有说话,我停下了活计,尽管我的触肢微微颤抖,但仍不甘示弱地与他对视。就这样过了许久,他终于摇了摇自己的前肢,我知道那是个示弱的信号。

"你该去工作了。"他说,淡绿色的光芒表示他此刻有些疲惫。

"……我知道。"看着凝合墙上的黑色字符,我低低地说。它们如同满墙的罪证,印刻着族兄失望疲惫的神情。

我知道。

2

第 178839 次,我跟着我的族兄来看画。

"看画",族兄每次说起这个词的时候,都会露出一副努力抑制骄傲的矜贵神情。他的身体在真空中震荡,一闪一闪地散发着恒星一样的微光,触肢在身体周围微微地摇晃,这表示他正处于兴奋的情绪当中。我和他一起长大,对他十分了解。

我蜷起身体,低声说:"哥,这次我不想去了。"

族兄转向我,微光变成了灼蓝色。

"这是你的工作。"他用严肃的语气说道,"还记得当初我是怎么跟你讲的吗?嗯?"

"工作是最高的道德。"我只好背诵道,"族群最重要的是生存,女王们为生存指明了道路,为我们每个人安排了最合适的工作,我们只需要做好工作,就能让族群繁衍生息。"

族兄动了动身子,一根触肢向我伸过来,是表达安慰的意思,我知道他已经原谅我了,我伸出自己的触肢,与之交叠在一起。

"我知道你害怕，"族兄说，"但是这没什么好怕的，好吗？这一直是女王为我们家族选择的工作，我看过几千遍了，在我之前是父亲，在父亲之前是他的父亲……总之，我希望下一个是你。"

我慢慢安静下来，每当族兄这样，我都会服软。

"好吧，"最后我说，"我会去的。"

3

旅行的人啊，
他是如何看待，
被你抛却在星辰之间的未来。


日复一日，我仍然写着狗屁不通的诗歌。我知道自己没有参与族兄的工作，或者没有继承任何一项工作，这会让族兄感到很难堪。虽然我知道，但我无能为力。

因为我得了"看画病"。

没人知道这是一种什么病，就连这个词，都是我从曾祖父留下的笔记中找到的。这似乎是一种仅仅在我们家族中遗传，而且并不知道会在哪一个人身上突然发作的疾病。

在族群中，我们家族的工作备受敬仰。小的时候我还有很多朋友，但随着年龄增长，他们都渐渐与我疏远了。虽然这也算是一件颇为正常的事情，毕竟孩子们长大总要有自己的工作。但发生在我身上，总是会特殊一些。小的时候他们的父母会弯起身体，对我的族兄颔首。等我开始跟着族兄工作后，他们开始对我颔首。

因为"看画病"的存在，这份令人敬仰的工作同时也是一种诅咒。简单来说，在某一次看画之后，有些族人会突然违背女王的旨意，他们不再工作，成为社会的边缘人，没有人知道他们在做什么。

而我的"看画病",正是始于上一次看画远征。

族兄不知道我在做什么,没有人知道我在做什么,但我自己知道。

我在写诗。

恐怕即便是女王也无法理解。我收回思绪,凝视着自己的大作。

糟糕的是,我不知道我写的是不是诗。

那个地方的人们如何定义"诗歌"呢?它的表征、形态、功能是什么?

空气在微微震荡,有光线在我身侧闪烁。这是一个非常礼貌的招呼,我转过身去,看到了伊亚姆。

对方恭敬地冲我颔首,触肢规规矩矩地缩在一起。

"女王请您过去。"

4

我们沿着巡航路线前往精心计算出来的看画地点的坐标。

当我们经过上次看画的地点时,我还是忍不住偏过头去,久久地凝望着那个地方,直到它随着我们的前行而远去,渐渐消失在视野中。

族兄是十分喜欢这份工作的。我没见过父亲,不知道他对这份工作是什么样的态度。我也不清楚其他人会怎么看待这份工作,但我知道的是,没有人会和我拥有一样的感觉。

我打心眼里害怕它。

我们在星际之间航行,远处的恒星持续发出光线,在宇宙之中,静谧呼啸,能量四处奔走。

它们会是下一幅画吗?

我望向族兄,黯淡的真空里,对方散发着让我安心的光源。

他不会害怕吗?他们都不会吗?

5

滴漏里悭吝地流出，
缓慢的蜜滴或者无形的黄金。
在时间过程中重复一个模式，
永恒而脆弱，神秘而清晰。
我担心每一滴之后不会再有。
是昨日的回返。它遥远的将来……

至少这东西，我能确定是诗歌。

我伫立在侧，将看画的收获交给叶琳娜女王。那是一枚小小的方块，由铁、铝、镁、锌、氯等多种元素混合而成，以此来维持在宇宙中相对稳定的形态。

"语言属于第867星域语系。"叶琳娜看了一会儿，平静地说："3008种基础语系之一，我想你已经破译了，是吗？"

"是的，尊敬的女王。"我回答道。

她向我伸出触肢，于是我伸出自己的触肢回应她，同她相握。在我的眼前，凝合墙上的字符一一浮现。

"原来如此。"女王缓缓收回触肢，轻声叹息。

"你有什么想问的？"她的体表闪烁着璀璨的光线，你永远不能解读女王的情绪。

"尊贵的女王，我想知道，"我低声说，"诗歌是什么？"

"生命传递和记录信息的方式。"

"但它与话语却有所不同。"这正是我疑惑的地方。

叶琳娜轻轻地说："不错，那你的看法呢？"

我顿了顿，继续说："我同样无法理解的还有画、歌曲，以及某种被叫做小说的文字组合。我无法理解它们的功能，它们似乎都是传达信息的方式，但似乎不止如此，还起到某种类似性爱的作用，给人们带来愉悦感，除此之外我找不到其他功能了。在我看来，它们似乎是人们为了愉悦创造出的传递信息的新形式。"

叶琳娜轻轻摇晃触肢。

"他们为什么会耗费大量的能量在没用的东西上面？"我疑惑道。

叶琳娜缓缓向我靠近，我弯起身体。

"听说你给每个人都起了名字？"

"是，尊贵的女王。"我有些惊慌。

"我叫什么？"女王问道。

"叶琳娜，我尊贵的女王，它来自一部小说。"

她身上的璀璨更闪耀了一些，不知道女王是不是在对我微笑。

"'名字'是'个性'，你已经察觉到我们之间的不同了。"她说，"那你说，诗歌是什么？"

我伫立良久，无话可说。

"等你弄明白的那一天，"叶琳娜向皇位走去，流动的色彩在她身后形成星辰一样的轨迹，"我们将拥有新的女王。因为某些文明的失落，会带给我们新的文化。而每一个带来文化的人，都曾像你一样。"

## 6

我们到了，船的减速意味着这一点。我看向族兄，他在微粒子的涡旋中舒展身体，没有忘了向我伸出触肢。我感激地伸出触肢握紧，然后向画看去。

这次即将在我们眼前展现绚烂画作的，是一颗橙黄色的恒星。

我和族兄驻足而立，静静观赏。作为画作前兆的微粒子向我们迎面扑来，我在那些能量中微微战栗。

它开始了，像每一次作画那样，恒星迸发出耀眼的光芒，仿佛宇宙间只有它的存在。接着那耀眼的光芒开始黯淡，湮灭。围绕着它的几颗行星很快在光芒中蒸发汽化。稍远一些的失去了环绕中心，很快就向外散射，直到被另外的恒星捕捉。而那耀眼的光芒在宇宙中形成了一个巨大的能量旋涡，群星被它点缀，被它同化，被它燃烧，然后在宇宙间最强的光与热中化为尘埃，化为虚无。它们曾经灿烂过吗？曾经热闹过吗？蒸发之后，湮灭之后，它们去了哪里呢？我不由自主地想。直到这宇宙一隅变得沉寂、黑暗、永恒沉默。

我从看画中醒来，发现自己全身都在颤抖。看画总是令我情绪激动，这颗行星诞生了多久？是否曾有过像我们这样的族群生活于此？他们现在怎么样了？我们有朝一日也会像他们这样消失在宇宙中吗？如果……

"嘿。"族兄打断了我的思绪。我贴着他，看到他的触肢为我递来一个小小的方块。

"第三行星上有个文明，在湮灭之前将无数这东西发射到宇宙，他们管它叫U盘。"族兄对我说道。

我将它破译，然后开始探寻U盘中的信息。

"地球人向地外文明问好。"第一条信息写着。

"我们的恒星即将爆炸。如有幸，希望我们的文化能够在宇宙间存续，不致消弭。"第二条信息说。

翻过这页，有一串按照某种格式刻意书写的文字。那是我患上看画病的开始。

*那一天终将来临：从地球的表层*
*我从此消失不再。*
*一切将凝固：歌唱，斗争。*
*闪光，冲锋，*
*我眼睛的碧蓝，温柔的嗓音，*
*头发上的黄金。*

正在读取您的愿望清单,
请稍候……

# 天选打工人

## 07

# 脑洞主义

## 青年失落时代

1

我出差半个月,回来时听同事们议论纷纷,说昨晚楼下餐馆的服务员工作到累晕了,被送进了医院。

"听说他不眠不休地连上了七天班,老板都傻眼了,求他休息都不肯呢!"

"何止这个,救护车来抬人,他还不肯配合,说进了医院就赢不了什么比赛来着。"

"最后怎么样了?"

"话还没说完就晕了,被抬进医院了呗。"

我一边泡着黑咖啡,一边仔细回忆了一番。

为了节约吃饭时间,我已经有一年没去过楼下的餐馆了。听同事们说,餐馆的生意蒸蒸日上,那位服务员也越发卖力工作,如今瘦得随时要散架似的。

想到这儿,我不由得看了看自己——黑眼圈,发际线危机,喝咖啡就像喝水……突然一阵心悸,赶紧抓了把枸杞泡进咖啡里。

同事抱来一摞书稿放在桌上,挠头道:"不好意思啊,田姐,你刚出差回来又有新活儿了。"

我挽起袖子说:"没事,都拿来,越多越好!"

我眼冒金光,满脸兴奋,但刚拿起书稿又有点儿犹豫了。几番权衡后，我只得恋恋不舍地放下手上的工作，去跟领导请了半天假。

"请假？"领导推推眼镜，大概没想到著名的工作狂竟会请假，"请假理由？"

"探病。"

我惭愧道："昨晚进医院的那个服务员，是我堂哥。"

此时，我眼前弹出一块系统面板。当然，这只有我自己能看见。我痛苦地闭上眼，只听系统报告："工作请假，扣除辛苦值5点，请打工人继续努力哦！"

2

我也不是一直都这么拼的，像这样工作，应该是从一年前开始的。

几千年前，我家的祖先四处流浪，找不到可以维持生计的活儿，于是便咬牙将身家全部抵给了城里的活神仙，求他指条生路。

活神仙当真给我家的祖先指了条路。

他说："有失有得，天地自有调节。你若愿意后世子孙做'打工人'，我便许你暖衣饱食。"

祖先连连磕头，活神仙一笑，又道："我再许你一个好处，每过一百年就从你的后世子孙中择出一位最努力的'天选打工人'，我会满足他三个愿望。"

从那之后，每过一百年，"天选打工人"系统就会自动开启，也就是那块跟随每位家族成员的系统面板。只要一年内攒的努力值排名第一，就能成为那个幸运儿。

为了获胜，长辈们总结出了各式各样的独门诀窍，甚至还分出了门派流系，彼此间颇有水火不容的意思。我堂哥那脉走的就是苦情路线，口号是"宁愿累死自己，也要乐坏老板"。结果显而易见，他家的候选人往往撑不到最后就住进了医院，最后只能遗憾收场。

我小时候常跟在堂哥后面玩儿，我俩感情不错，思来想去，我还是决定去看看他。

医院人少，我寻找着病人信息牌子上写着"田荣"的病房，很快就找到了，但我一时没敢进去。

田荣手臂上埋了留置针，由于身体瘦弱，他看上去像安装了什么机械装甲似的。一年没见，他确实跟我记忆中的样子不同了。当我走近他时，他看见了我，眨了眨眼睛，笑了起来。

"请假过来的？"他问，有些惊讶，"得扣分吧？"

"没事，熬个夜就挣回来了。"我犹豫道，"你这是？"

"休息十天半个月的，能好。"田荣叹了口气，"就是肯定赶不上进度了，可惜系统不能转让努力值，要不然我就全送你了。"

见他还算精神，我也放心了。闲聊两句之后，田荣问我："还有三天就要公布天选打工人了，你现在攒了多少努力值？"

我报了一个数，田荣眼睛一亮，挣扎着坐起来，激动地说："那很有可能夺冠啊！现在努力值最高的那个远房堂姑也就比你多了12分，可是她年纪大了，之后的效率只会越来越低。"

他帮我逐个分析了竞争对手的情况，说的都是我未曾了解到的情报。我诚惶诚恐，赶紧打开详细的分值面板请他评估，他恍然大悟："我说你努力值怎么这么高呢，这下明白了。你看下面的子分项，虽然你的辛苦值处于中上水平，但真正优秀的是你的贫穷值。"

田荣说得眉飞色舞，突然他一拍大腿，激动地说："也就是说，虽然你的辛苦度和别人平分秋色，但是你够穷啊！"

我如鲠在喉，一时无力反驳。

我这一脉的长辈崇尚知识改变命运，没总结过什么制胜技巧，所以他们毅然决然地选择了做"书"这一行。我家个个都是书痴，可惜家里面积实在太小了，放不了几本书，全家人就指望我能许愿得到一个150平方米的大书房，这就是我许下的三个愿望中的一个。

结果做这行居然意外激发了我的贫穷值，只能说我是无心插柳了。

系统面板里还有我的愿望显示，我倒是不介意别人看。反观田荣，他眯着眼睛看了半天，问道："你怎么还把谈场恋爱写进愿望里了？"

我大怒："你懂单身三十三年是什么感觉吗？我要男朋友，我要谈恋爱！"

田荣赶紧说："好，好，好，谈！那怎么还有个愿望没填？"

"还没想好呢。"

我回答道，又看了看田荣手臂上的留置针，想到堂哥小时候带我一块儿玩，现在又助我夺冠，便建议说："要不你填一个？我帮你完成愿望。"

田荣愣怔片刻，小心翼翼道："真，真的可以吗？"

我点头，他的脸色顿时红润起来，高兴地说："我想许愿家里人身体健康。"

"这种虚的不行，系统不会实现的。"我叹气，"我家长辈虽然不研究制胜技巧，但是每次都会把历代的许愿结果记录下来。"

按照记录，以前有位先人许愿过身体健康，结果系统毫无回应，可见系统无法实现没有实体的愿望。我索性将过往的失败案例一一列举给他看。比如，家财万贯不行，太过贪心；创业做生意不行，违反了"打工人"的定义；没有具体数值的不行，系统会无法识别。而且愿望主体必须是本人，愿望实现后可以赠人……

我总结道："所以，其实这么长时间，真正实现了的愿望没有几个。我们填写时必须小心谨慎，不能给系统留空子。"

田荣听完我的话目瞪口呆，恨恨道："真坑！我们家族世代打工，就为争个天选，结果还得被系统这么玩儿！"

他霎时如同泄了气一般，往后一倒，望着医院的天花板发呆。我见他失魂落魄，于心不忍，劝道："你还有什么愿望？我们可以再一起斟酌斟酌，我一定帮你实现。"

"算了，没意思。"田荣长长地叹了一口气，摆了摆手，"你如果实在想不到什么愿望，我倒是有个建议。"

"让系统给你一次机会，去看看外面的世界吧！"他说。

4

我采纳了田荣的建议，斟酌许久，郑重地将"国内28个城市免费旅行"写入了愿望栏里。接下来的三天，我继续全身心地投入到工作中，好做最后的冲刺。

其间，那位"比我多了12分"的堂姑来找过我。她大约五十岁，已是满头银发，看着像是六七十岁的样子。她走路颤颤巍巍，见面第一句话先问我的努力值有多少，我噎了半天，还是说了实话。

"年轻真好啊！"

堂姑听了之后，如此喃喃地说道。许久，她上前摸了摸我消瘦的下巴，又握住了我的手。她的手布满皱纹，就像一道道沟壑遍布其中，但却十分温暖。这时，我听见她叹了口气，说道："孩子，放心吧，看来这届冠军是你的了。休息会儿吧，别把自己累着了。我，我不争了，争不动了。"

说到最后,堂姑几乎是泪眼婆娑。后来我送她回家时才知道堂姑在化妆品公司工作了将近三十年,她的家中有两个大柜子,一个零散地放着临期化妆品小样,一个堆满了咖啡和药品。我对着它们默然许久,不由得打起了寒战。

"我不敢休息,越是临近终末就越是不能放松警惕。我已经熬了三个大夜了,把自己弄得人不人鬼不鬼的。"堂姑苦涩地说着。

最后半小时,领导安排我去仓库帮忙打包发货。一路上,我做完校稿,抬头时望见窗外飞驰而过的景色,险些当场掉下眼泪。同事问我怎么了,我说没事,只是突然想见见家人,看看那些许久未见的远房亲戚。

到了仓库门前,忽然,系统"叮咚"一声:

"恭喜您赢得'天选打工人'称号!正在读取您的愿望清单,请稍候。"

此时,我的心"砰砰"直跳。

"读取完毕,正在检查愿望清单 Bug(程序错误),请稍候。"

"愿望清单无 Bug(程序错误),正在加载愿望实现进度条,请稍候。"

"恭喜,您的愿望已实现。"

惊呼声压在喉咙上,我难掩满脸喜悦,等待着从天而降的大礼!然而一分钟、两分钟……十分钟过去了,系统的消息始终停在最后一句恭喜。此时,我打开愿望清单,里面已然被清空,这是哪里不对?

我连忙点开咨询框询问:"怎么回事?我的愿望呢?"

"您好,系统检测到您的愿望已经实现了哦!"

我深吸一口气,问道:"那第一个愿望,我的男朋友现在在哪里?"

系统含蓄道:"您已经与工作谈了十年恋爱,感情稳定,建议您从一而终,不要脚踏两条船才好。"

"谁会跟工作谈恋爱啊!"

我怒火直冲心头,系统却似乎十分诧异,思考半天,回复道:"您与工作朝夕相伴，情绪皆因工作而起。系统认为，您与工作毫无疑问地处于恋爱关系当中。"

我头疼欲裂，转念想到还有两个愿望，咬牙道："那国内28个城市免费旅行呢？"

"系统检测到在您过去的行程中已经去过37个城市，完全覆盖了愿望中28个城市的范围。"

"那是出差，出差！"

"携带行李，有交通工具，有餐饮，短途3天，长途则半个月至三个月不等。无需自费，系统判定您每次外出都符合旅行的特征呢！"

系统恭敬有礼，解释到最后，甚至还加上了一个微笑的文字表情。我面无表情地盯着它，缓缓道："那最后一个……"

我突然停下了动作。

同事拉起仓库的帘卷门，随着"哗啦"一声巨响，帘卷门扬起无数灰尘。在漫天洋洋洒洒的细小颗粒中，我慢慢抬起头，看着这150平方米的仓库，看着数十个大书架沉默地立在里面。

直到这时，我才终于理解"你的一切意义由打工而生，你的一切愿望在工作中实现"的真正意义。

我差点儿笑出了声。

这就是"天选打工人"。

# 第25份微生物实验报告 08

爸爸，他们为什么选择忘记本星？

本星历 2130 年 6 月 2 日，我出生在最有权势的家族，同时也是最顽固的历史保守派家族里。那天，银色的闪电划破了天空，黑色的天幕上全是裂痕，似乎要撕出另一个出口。

这是我对世界的第一印象。

每天走出家门，看着这个永远无法逃脱的牢笼，我都会怀疑自己存在的意义。家族的秘密让我明白，事情的背后永远没有那么简单。这个被别人称作家园的地球，只不过是本星文明一次毁灭性失误的残存。

这些都是爷爷告诉我的，经过多年的争斗，所有关于本星的资料只留下了残存的《第 25 份微生物实验报告》，知道这个秘密的人日渐减少。其他几大家族都选择了忘记，但我们的宗旨是永远记住，因为我们从来就不属于这里。

我们是本星人。

## 1 900 年前

"我不明白这个项目的意义何在。"

"简直疯了！连自己的意识是怎么来的都不知道，就去生成别的意识，没看到本星的生态环境已经糟糕透顶了吗？"

"我坚决反对，一旦我们研发出不可控的微生物，将给本星的未来埋下巨大的隐患，我希望各位生物学家能够明白，我们有责任为科研行为负责。"

本星，四维世界行星，坐标为977-mw238-3dji。进入第33个飞速发展期的本星生态全面恶化，政治关系岌岌可危，各国都在暗中筹划逃离本星的可行方案。也就是在样的背景下，联合实验室主任提出通过模拟生命的生成过程，溯源生命起源的秘密，从而推动生物科学的发展。尽管存在大量的反对声音，联合理事会会长最终还是批准了微生物世界研发的M34-4602151-B项目，实验室利用四维折叠形成三维世界，研究生命的形成与发展过程。研究员们从最初的单细胞开始，加速三维世界的时间速度，模拟生命的演化，最终在短时间内培养出了名为"人类"的较大型微生物。

"第3份实验报告显示，我们已经成功构建出语言，下一步就可以构建出伟大的文明与情感。通过安排竞争淘汰的社会结构，'人类'会选择为了进入社会的上层而奋斗，这样我们就可以观察其在这一过程中所呈现出来的情感与文化。我们同时安排了微生物狗与人类接触，通过实验发现，人类通过我们的基因控制和情感植入，可以把一定的欲望转移到这些生物身上，形成了所谓的'陪伴'关系。"

人类微生物发展迅速，研究内容也从基本的生物特征上升为文化与情感的研究。显然，人类在文化情感方面的自主发展超出了研究员的实验预期。

夜半，站在微型实验室前，研究员正在观测着S1区的人类活动，30年前S1区的"人类"还只会把木本生物和铁元素组合，利用弹力互相投掷。最新的实验数据显示，它们已经开始利用爆炸的冲击波和热辐射相互进攻，虽然技术简陋，但在30年内形成这样的进步已经是神速了。

"老师，照这样的发展速度，不怕它们发现自己被困的事实吗？"

"发现了又怎样，三维生物无法逃出四维的折叠空间，宇宙将是它们永远的牢笼。"

## 2　430年前

"我已经看过你的第 25 份 M34-4602151-B 微生物观察报告初稿,其他没有什么问题,把最后的意识植入删掉,这不符合实验室给联合理事会的承诺。"

"可是,主任,我们真的不能试着进入'人类'的意识中吗?"

1700 年,本星生态急剧恶化,严重破坏的大气层让气温迅速升高,即将告罄的资源让本星落后地区的经济寸步难行。最近一次战争中的重硅核聚变事故更是震动了本星的内核,本星的生存变得愈加艰难。

"主任,您应该清楚,如果真的要离开本星,现有的飞船数量只能带走 1/3 的本星人,联合理事会的人会把名额占满!四维世界的灭亡与三维空间毫无关系,我们可以试着进去!我们会活下去的!"

主任的眼神异常平静,他看着自己最钟爱的学生,摇了摇头,转身离去。

"传输意识的成本太高,实验室的材料支撑不了多少个人进入 M34,一旦这件事情公开,只会给本星人带来更大的骚乱。"

夜色降临,实验室的仪器冷冰冰地反射着 M34 发出的蓝光,整个房间只剩下年轻的研究员一人。他出神地盯着 M34 微型实验室,那里面有绿树成荫,有花团锦簇,有他们模仿本星造出的山川湖海,那是本星百年前的样子。

他出生在一个黑色的城市,他从来没有见过祖父口中花团锦簇的本星。科技带来了进步,带来了战争,也带来了毁灭。他也义无反顾地走上了高科技的道路,走上了复刻本星意识体的道路。

研究员攥紧了拳头,他一步步走向保险柜,里面有 M34 微生物的所有基因列表和情感价值观构建原理,甚至有最新一次进入 M34 意识体的电脑模拟数据。掌握了这些,就掌握了生存。甚至进入 M34 后,也可以根据'人类'的情感价值控制它们,成为它们的联合理事会。

研究员叹了一口气,拳头重重地砸在保险柜上。

保险柜的门"吱嘎"一声打开了。

研究员愣在了原地,储存这样机密的信息,居然没有上锁。

进入 M34 的第 3 年,研究员已经完全适应了这里的生活,他混入最近的人类聚居地。虽然不能在四维世界对人类的基因设定进行操纵,但他还是通过掌控人类情感运行方式,很快把握了这个村落的统治权。

又是一个处理完公务的下午,研究员来到了进入 M34 后降落的那片草原。斜阳暖暖地洒满了他后背,细软的草芽,高高矮矮的草茎,一切都像蒙着金纱,就像祖父给他无数次念叨过的故事。他仿佛回到了百年前的本星,在这个模仿本星虚构的世界里,一切都充满了美好与希望。

突然,右侧高草丛里的一个人影吸引了他的注意。那人又高又瘦,面庞逆着阳光,看不清他脸上的表情,可研究员大脑的神经还是立刻感应到了。

"主任!"

研究员泣不成声,这是他进入 M34 后遇到的第一个本星人。

"本星坍缩了,我在最后一刻和实验室的大部分成员完成了意识传输。"

地面的长草摩挲着脚踝沙沙作响,晚风微凉,两个本星人在这一刻沉默了。

"选择进入的那一刻,我就做好了永远待在三维里的准备。"

研究员艰涩地挤出了一个微笑,他转身面向太阳,面向属于 M34 的希望。

主任嘴边微微抽搐,他转过身子,身影在草原上拉得很长、很长。

"年轻人,我现在不是主任了,我的地球代号是瓦特。来这里已经半年了,是时候给搞点儿质的变化了。"

## 3 之后的事

那个违背实验室条约、毅然闯入本星的研究员，是我们家族的祖先。

3年前，爷爷颤巍巍地把一沓残缺不全的纸递给了我。纸张轻薄，却异常坚硬，明显不是M34的技术能生产出来的。上面用歪斜错乱的符号写着什么，我认出这正是小时候父亲逼着我学习的语言，也明白这就是传说中的《第25份微生物实验报告》残稿。

"我死后，你要继承家族的使命。这个世界需要坚守真相并保护真相的人，不能像你哥哥那样选择忘记。"

哥哥是这个家族的背叛者。在我15岁的时候，哥哥把《第25份微生物实验报告》投入了激光炉，好在及时被爷爷发现，才得以保留下残稿。哥哥选择忘记历史，我至今还记得他与爷爷的争吵。

"记得又怎样，告诉后人世界的真相只会让他们绝望！死守着这个秘密，我们的生存都成了一场笑话。而我们所看不起的'人类'，比我们活得更坚强。"

这也是其他家族的信念，融入地球，忘记自己无意义的存在，忘掉曾经的本星，重新去寻找自己生活的意义。

后来，我再也没有见过哥哥。

如今，我掌握着世界至高无上的权力，和其余几个知晓真相的本星后人一起，共同制衡M34的政治生态。我反复告诉地球人，星辰大海是我们的征程，宇宙空间的无限等着我们去探索和挖掘。我小心翼翼地引导人类避开真相，让他们为了真理去探索，去寻找他们存在的意义，这似乎成了我生活的全部意义。

"爸爸，他们为什么选择忘记本星？"

十二岁的儿子听完我讲的故事，一双眼睛瞪得很大。作为我的继承人，他无疑成为了坚定的历史保守派。

"隐瞒是为了更多生存的信念。"

这么多年来，我无数次梦见我们逃出了祖先的微生物实验，去找那坍缩后幸存的本星后人,回到那个真正属于我们的世界。

可惜,梦醒后只剩下破碎。

我不知道现在还有多少人记得本星。

附录:第25份微生物实验报告初稿

致实验室的研究员们:

    为了更好地探索本星人自我存在的问题,了解生命发展的全过程,实践最新生命科技,实验室于73876年启动M34-4602151-B项目(下面简称M34)。通过基因控制技术培育微型生物体和微型生态系统……其发展情况已达到本星3万年前的发展水平。综合前期相关观察结果,现将M34整体情况简要汇报如下:

    1. 环境构造

    M34外部通过引力场建立起虚拟空洞和磁场,并通过四维空间重叠虚构出三维时空的无限延展。其构建元素可参考本报告附录1:《M34的内……及外部空间假象构造》。环境构造模拟……

    2. 生物构造

    M34上的微生物取名为"人类",为碳基哺乳动物,生命构造以本星人为原型，主要模仿研究其意识产生的过程和发展进化的轨迹，为本星人的未来发展寻找可能。现阶段主要任务是完成其情感构建和基因调节，使得其主要的情感文化走向符合本星人的预期，主要方法如下：

……

3. 隐患与危机

出于自身的责任与担当，有相关安全隐患的必须上报实验室。

（1）"人类"微生物的发展前景有很大的不确定性。它们的性情与思维方式独特，与本星人存在较大差异，在培养与发展的过程中背离了实验室最初模仿本星自我的初衷。

（2）实验室掌握它们的所有基因密码，其未来发展方向处于可控状态。实验室下一步计划安排本星人的意识体进入 M34，近距离地接触和观察"人类"的发展特色。但此项任务争议很大，加之目前本星生态急剧恶化，逃入微生世界已经成为活下去的一种可能，这极有可能成为引发本星骚动的导火索……

可是什么都没发生。

巨
像
09

# 脑洞主义

## 青年失落时代

"面对愚昧，就连神们自己，都缄口不语。"

### 1

你第一次来这儿的时候十岁。

拨开山壁上瀑布般的垂蔓，半张巨大的人脸陡现眼前。阳光穿透枝叶间隙，它笔直的鼻梁投落一片阴影，淹没了你。两颗早已磨损的眼球像熄灭的死星，俯瞰着你。你和聒噪的同伴一起闭上了嘴，吃力地用目光追寻巨像的轮廓，发现整座山丘都是它的头颅。在山丘右侧，那根斜指向天的石笋和地面呈三十度角，远看像一枚碧绿的尖牙。石笋顶端离地足有十几米高，表面完全被苔藓和爬山虎覆盖。

当时的你是他们中最弱的一个，却被强逼着爬上石笋。你走投无路，在恐惧中，整整半天才爬上顶部。你俯视留在原地的同龄人，发现他们如此渺小，而他们难以置信的眼神，又显得你如此强大。这一瞬间你觉得自己和巨像并肩，化身成它的一部分，地面上的蝼蚁再也无法伤你分毫。于是你一鼓作气，用手扒开石笋尖端茂密的杂草，一截巨大的食指显露出来，指尖指向对面的峭壁。你们终于相信，石笋如传说所言，是巨像伸出地面的半条右臂。

朝石笋所指的方向望去，峭壁上有个漆黑的山洞。洞口呈完美的圆形，直径约一米，比满月更加完满，比朝阳更加圆融。你的祖先早就深

09 巨像

入过洞窟，发现洞穴内部没有分岔，如一条笔直的隧道，贯穿整座峭壁。洞壁光滑至极，毫无风蚀或流水留下的痕迹，自然造物都没有这等圆滑，凭人力更无法做到。洞窟直通峭壁另一侧，那头的洞口也是个同样大小的圆。你的祖先就此认定，是神在这座山体中抽走了一个圆柱体。再后来你的父辈们发现，洞窟的两个洞口和石笋的顶点在同一条直线上。

结合远古传说，"食指洞"成为巨像"兵器说"最有力的证据。或许这尊沉寂的巨像，在鸿蒙初开之际、人类诞生之前，就已经凭一指之力形塑了此间地貌。这种力量与其说是武器，还不如说是远超人类理解的神力。但野心家们仍妄想将巨像作为可控的战争机器，于是对它进行过多次挖掘，最后都以失败告终。没人能说清，巨像从何时起出现在这里，又是何等的力量将它埋葬，只剩头颅和右臂留在地表。你们难以想象巨像留在地下的部分，难以想象它屹立于大地之上的雄姿，难以想象它活转过来将拥有何等威力。久而久之，上古的神迹在你们眼中沦为无用的废墟,被遗留在山野之间。

太阳西沉,四周开始变冷,支撑你爬上顶端的肾上腺素已经退去。恐惧如影随形,疲惫让你对四肢丧失了控制。在你体力不支,将要从石笋顶端跌落之前,底下的人群早已作鸟兽散。也是你命不该绝,地上有一层极厚的落叶,你从十几米的高处落下只摔断了腿。你痛得原地打滚,在空旷的山林间低声哀号,幸亏你的父亲举着火炬前来,比饥饿的野兽先找到了你。

你在床上躺了三个多月,断腿才渐渐长好。当你下地以后,再次面对那些昔日欺负你的顽童,他们的眼里多了些许一闪而过的畏惧。村里开始出现关于你的传言,说你受巨神眷顾逃过一劫。那些家伙从此不敢造次,就连那个平时对你不屑一顾的女孩,都不免会多看你几眼。

有一回,她和你在村里迎面相逢。她忍不住问你:"你从石笋上掉下来的时候,真的是被巨像接住了吗?"

怎么可能,是那厚厚的腐殖层救了你的命。你心知这则流言来自你的父亲,他只是想让你家的日子好过一些。可你嘴上还是嘟哝着说:"不知道,那时候我昏过去了。"

她显然对你的回答不太满意,但很快就失去了继续探究的兴趣。你本想鼓足勇气和她多说几句,而她却已经转身离去。

因为这则流言,那年的巨像祭祀活动比往年都要盛大。村里的青壮年聚集到一起,清除了巨像头顶的杂草,而你作为这则流言的主人公,破例被编入了清洗队中。

祭祀前夕,清洗队从巨像头颅登顶,做好固定后,系上绳索和扣带,从头顶开始缓缓下降,用手中锋利的镰刀为巨神"修剪毛发"。几十名青少年悬在半空,像是古代帝王所戴的冕旒,串串珠玉垂落下来。他们切除经年累月的藤蔓,刮去滑腻肥厚的苔藓,让巨像的本来面目重见天日。你感觉自己的瘦弱身躯远不如它的眼球大,自己就像在它的瞳孔里漂流,一时迷失了方向。你觉得它的眼球在转动,目光跟着你的身体起伏；你觉得它的鼻翼在翕动，一呼一吸都遵循着某种节奏；你觉得它的大脑在运转，思考该如何对待落到头上的"虫子"。而当你回过神时，它其实一动没动。

断枝枯藤簌簌落下，你看清了巨像的五官。这是一张着实普通的脸，经过岁月侵蚀，它的面目不再立体，甚至有些模糊。如果没有"食指洞"的传说，这尊巨像不过是先民留下的遗迹。但你凝视它时，心中依然惊叹。人类曾多次试图凿开巨像，一窥其中奥秘，可无论使用什么手段，都无法在它表面留下一丝划痕，甚至无从得知巨像由何种材质制作而成。历经千秋，它依旧完好如初。

祭祀在一个无星无月的夜晚举行。

连绵的火炬包围了整座山丘，跃动的火光洒在巨像上，让它的脸色看上去阴晴不定。你身穿宽大的祭礼长袍，跪坐在巨像前方，一言不发，低眉顺目，以示恭敬与礼赞。你心中庆幸村里没有保留活祭的风俗，否则此时的自己将成为一具被割破喉咙躺在祭坛上的尸体。

其余村民都绕着巨像顺时针旋转，女子摇响铜铃，男子击掌应和，他们都遵照祭司的指挥，跳着名为"振"的古老舞蹈，与远在地下的巨像心脏共鸣，以期有朝一日将它唤醒。至于唤醒它后会带来什么，你们没有细想，只是一厢情愿地祈祷风调雨顺、天下太平或者是子孙满堂。或许你们心里也清楚，这远古的造物永远不会苏醒，所以祈愿什么都无所谓。祭司站在巨像颅顶，发出一声呼喝。村民又绕着巨像逆时针旋转，男子摇响铜铃，女子击掌迎合，裙裾与手掌掀起的空气扰动，将火炬振得一颤一颤的，火星"毕毕剥剥"飞向夜空。

祭祀的最后，那个从头至尾只和你说过两句话的女孩，站在了巨像的右手手背上。那里清除了丛生的杂草和菌菇，成为一处高高在上的舞台。她踩着掌声与铃响，跳了一支"振舞"。她像一颗鲜活的心脏，在离你十几米的高处翩然跃动，收放如心房颤抖。你的心随之悸动，你的余光沾在了她的脚后跟上。

你们许下的愿望实现了，并且持续了一段时间，需要为此付出的代价暂且不提。

几乎可以载入史册的丰年来临了。作物丰收、六畜兴旺不提，村子附近还发现了金矿，不可估量的财富井喷而出，催生着每个人脸上的笑容，你在稻香和铜臭之中很快长大了。起先你作为巨神赐福的羔羊受到大家的重视，不过最终还是泯然众人。你原以为借此机会可以和她走得更近，但她始终站在你遥不可及的高空，你们间的距离没有丝毫改变。她成为下一任祭司，你只是那个走运一时的凡人。

你从当年那起事故中唯一获得的裨益是攀爬。你在十岁以后愈加精于此道，以免再次从高处坠落。你想往更高的地方爬，想离开束缚你的地面，想更接近她，但你始终于事无补。

和平富足的年月不能永续，很快到了偿还代价的时候。你们的村庄位于两国的交界处，你们所在的国家孱弱如幼童，邻国却强健如蛮牛。这也是你们历代先王试图唤醒巨像的缘由，直到这一切都徒劳无功，成为了尽人皆知的笑话。

2

你二十岁那年，邻国仁爱的老王过世，继位的新王穷兵黩武，你们的金矿和沃土成了他亟待吞下的肥肉。那位新王当然不希望巨像的传说是真的，如此他便可以轻易地奸淫掳掠，开疆拓土。新王也不希望巨像的传说完全是假的，因为他在心中认定自己才是掌控远古神兵的天选之子。而新王的先遣军会替他试探一番。

一场闪电般的奇袭撕开国境，边防崩溃。天还没亮，异国的侵略者就踏上了你们的国土。村庄很快就被攻陷，如果不是敌军抢先占领了金矿，你们根本没有藏身的时间。

村民几乎没有进行任何抵抗，你们聊胜于无的武装力量对侵略者构不成任何威胁。你们中的大多数人认为尽快投降才能换来一线生机。你也想过会有这一天，却没料到这一天会来得这么快。

敌人的钢铁巨兽碾过你们的望台，轧过你们的农田，冲入你们的家园。金矿让你们家资颇丰，侵略者挨家挨户洗劫一空后，在你们华丽的大宅里都点上一把火。带不走的精巧建筑在火海里"痛苦呻吟"，最后垮塌成一片残垣断壁。

侵略者对整个村庄进行了篦子般的扫荡，把试图躲藏的"虫子"都梳了出来。然后他们把你们所有人用绳连成一串，牲口一样赶到巨像前的空地上。村民到那里时，发现地上已经挖出了一个大坑。低低的哭声在人群中响起。

侵略者的首领问："谁是村长？"

一个老头被推了出来。

他又问："怎么才能让巨像活过来？"

老头闻言冷笑："如果巨神能复活，你们能在这儿撒野？"

这句话成了村长的遗言，他是第一个被扔进坑里的。

首领接着说："我听过传言，说巨像接住一个从高处坠落的小孩，让他免于一死。这人在哪儿？"

村民们这才发现你不见了，于是你的父母被推了出来。他们面面相觑，说今晚睡前还见过你，现在却不知你去哪儿了。

首领又问其他村民，他们当然更不会知道。首领认定你是复活巨神的关键，而村民都在保护你，把你藏到外人找不到的地方。

于是首领下令杀死你的父母，把尸体丢进坑里，可依然没人能说出你的下落。恐惧无法让人说出本就不知道的事情。首领下令杀更多的人，尸骸越堆越高，鲜血在深坑内汇成一面湖泊。终于有人站出来了，屠杀因此暂停。

"我就是那个人。"她说。

"你？"首领上下打量她，眼神像舌头一样舔着她的脸，"一个女人？"

"那又如何？"她悲悯的目光扫过所有人，没有一个人说话。

"传说是真的？"

"假的。"

首领挥了挥手，屠杀随之继续。

"是真的，"她咬牙道，"只要重现当时的情景，巨像就会苏醒。问题是，你们敢吗？"

首领脸色微变，随即露出豺狼般的笑，说："没有什么是我们不敢的，你尽管去做。"

他说罢扬了扬下巴，刺刀抵上她的后背。

她视若无睹，舒展身形，稍稍一踮脚，双臂已勾上巨像的小臂。她在空中一荡，翻身落在石梁上，四肢着地攀援，姿态如此曼妙，仿佛化作云豹，丢弃了自身重量，轻盈纵跃，如履平地。在敌军发出惊呼之前，她已经站在巨像右臂的食指骨节上，居高临下俯视着下面所有的人。

所有目光和灯火都集中到她身上。晨风鼓荡，她单薄的睡衣被吹成了一面旗帜，猎猎作响。她低头看向敌军首领，像看一个死人。首领露出警惕的神色，抬起手，所有枪口都对准了她。

她退后几步，猛地助跑，双足在地上一蹬，身体在空中划出一道曲线。她下坠时飘飞的衣衫凝成彗尾，自己成了一颗流星。那一撮稍纵即逝的星光，大概来自她藏在袖中的匕首。

枪声大作，她还没落到首领头上就被乱枪攒射。侵略者散了开去，她落在人群中间，血渍洇透土壤，像一朵大丽花。

首领意兴阑珊，他烦恼的是该如何向新王交代。或许可以试试另一种传说，他把所有村民的鲜血都抹到巨像上。手下们心领神会，整齐划一的子弹上膛声过后，他们要以最快速度备好染料。

没人注意她的血液以极快的速度渗入土地，一丝腥红违反了重力，沿着巨像的脖颈与手肘向上蔓延，勾勒出复杂的纹路。

起先你们以为这是错觉，随后脚下起了波澜，大地随即如沸水滚动。

巨像用右手在地上一撑，上半身直了起来。它的隆起像一场迅捷无比的地壳运动，掀翻大地如同掀开薄被。泥沙似暴雨般倾泻而下，几乎活埋了你们。众人眼睁睁地看着一座山峰升起，没有谁能够站稳，或匍匐或跪坐，仰望着太古神迹行于人间。首领刚才显然是在撒谎，他不自觉地用门牙咬住惨白的嘴唇，强忍着没有哭出来，裤裆却透出一片尿渍。侵略者和受害者在这一刻没有分别，都不过是小小的虫豸。

巨像仍未显露全身，也没对你们做出任何反应，只是右手平举，五指伸向前方。原本昏暗的黎明被彻底照亮，太阳仿佛将自己的一部分化作标枪，投掷到地球上。邻国首都方向升起一道光柱，直入穹顶，窜出大气层外。敌国的一半领土就此蒸发，只留下深不见底的巨坑。震波向四面不断扩散，掀翻了数百公里所有直立的东西。千万吨烟尘形成遮盖天空的屏障，让两国在后来的一个月里都不见天日。

等等。

你不会一直在期待这一幕吧？

当你作为一个如假包换的懦夫，蜷缩在逼仄的食指洞时，眼看侵略者大肆屠杀村民，只好在心里祈愿巨像降下神罚，拯救你的家园于水火。因为在你心里，故事就该如此达到高潮，正义终将战胜邪恶。可是什么都没发生。

当你望着她从高处跳下，确信她的裙裾再也无法飞扬，你的心脏也跌碎在腹腔。你丧失了理智，一把一把地抓落头发，歇斯底里地厉声尖叫，奢望她的死可以换来巨像的生，让神祇的造物荡涤人间的罪恶。可是什么都没发生。

当你丢下年迈的父母独自逃生，躲进食指洞还不忘把软梯收进洞里时，你就永远无法逃脱良心的谴责。你是唯一的幸存者，其他人被大地囚困太久，没法像你那样抛下一切，行尸走肉般苟活于世。更讽刺的是，因为离得太远，你甚至没看清自己父母的下场。你只是满心期待会有救世主降临，毕竟一个存在巨像的世界，为何不能存在救主？可是什么都没发生。

敌军当然毫发无伤，首领下达命令，部下赶制"染料"。除了巨像底部多出一圈莫名其妙的殷红咒文，什么都没有发生。他们留下万人坑后，继续向前进军。

3

你三十岁时最后一次来这里。

相比同龄人，你老得不成样子，谁也不信你只有三十岁。在很长一段时间里，你丢掉了那一夜后的记忆，浑浑噩噩地流浪在满目疮痍的大地上。那场战争最后以你们的国家彻底沦为邻国附庸而告终，但那位新王也无法对巨像造成任何影响。他在战争末期调集了重兵，耗费大半火力炮轰巨像，炮火将附近地面削平了几寸，巨像依然岿然不动。皇帝亲临现场，妄图鼓舞士气，却亲眼见证了这出闹剧，只好承认自己的失败。他庆幸巨像没有真的活转，否则它该带着何等的怒火醒来？

史学家后来将这场战争命名为"巨像战争"。新王恼羞成怒，禁止所有人靠近这里，他要让世人完全遗忘这片土地上发生的一切。这项禁令直到那位暴君暴毙才被取消。

所以你才能重返这里，战争带来的硫黄火雨将你的父母、同乡和那个女孩挫骨扬灰，彻底抹去了你二十岁前的痕迹。你甚至无法证明他们曾经存在过。其实你不是真的想回来，只是你迷失于旷野精疲力尽，在一块极其巨大的山石前坐下，往昔的记忆再度寄生到你身上。

你哀号着抬头看向巨像，发现巨像眼帘低垂，也看着你。

一群觅食的蚂蚁在你脚底爬过。你发起疯来，狠狠地踩踏它们，好像是它们夺去了你的人生一样。

4

　　如果我告诉你,所有你听闻的传说,你渴望的一切,都是真的,你会作何反应?是彻底崩溃还是得到救赎?但你永远不可能知道。

　　自我降临在此,已过去了五十二万个地球年。与偶尔为之的破坏相比,你们难以想象沉默带给我的乐趣。我乐于观察低等物种,却不在乎你们。

　　什么都不会发生,这是唯一能确定的。

叮咚……

# 蟑螂 10

# 脑洞主义

## 青年失落时代

1

我眷恋过去的那些日子,每个人身边都有我的祭坛。他们向我纳贡,献上无尽的时间,我则赐予他们知识、信息和逃离苦难的片刻欢愉……

2

"屏幕"垂坐在椅子上,四处弥漫着黏稠的黑暗,潮湿侵蚀着他的身体。阳光偶然掠过铁丝网,瞥见一地的晶莹闪光,那是他被时间大神折碎的影子。

这里是希腊诸神城的地下——冥后珀耳塞福涅①的地界。

"以前只要有我在,你就不可以再看别人啦。"屏幕之神似是随意地说道,他不甘被眼前这个女人冷落。好歹自己也是主神,前一任主神。G心想。

他之所以来这里,是他在凡间的信仰如今都要被以网络媒体之神为首的科技神夺走了。

在屏幕口中,网络媒体之神是"有神生没神养的混混",他是屏幕的兄弟互联网之神的儿子,整日没个正形,带领着一派年轻的科技神

---

① 冥后珀耳塞福涅:古希腊神话中,冥王哈迪斯的妻子。

灵公开挑战新神的权威。尤其是屏幕的两个儿子，VR之神和超梦之神，不仅甘愿成为网络媒体之神的左膀右臂，竟然还同时爱上了脑机之神。

3

G没有转头。她穿着一身黑色的皮衣和皮裤，身材修长，手里握着一杯咖啡，两条腿搭在沙发扶手上，继续看着当下时兴的VR新闻。

"你有没有想过，是因为你的控制欲太强，所以你的孩子才不再愿意给你养老。"

为了找到G的事务所，屏幕忍着反胃，在下水道里穿行了好久。他从来没想过自己会跟G这样的下流人物扯上关系。

"增值，你就胡扯吧！我可比宙斯①的控制欲弱多了。"

增值之神G嗤笑一声，不置可否。

冥王之子扎格列欧斯②是G事务所的合伙人，给G的租金几乎和免费一样。他的公寓就在事务所的下层，要是被扎格列欧斯听到刚刚屏幕说的话，他肯定会拍手叫好，但鼓掌之后的事……宙斯是比奥丁③宽容，但总归还是别被他听到为妙。

G提议说："我有个主意，你可以学克洛诺斯④，在不为人知的地方颐享天年，多好。"

"我可不是克洛诺斯，克洛诺斯应该对应广播之神，我的母亲！她代表旧神。"

"我知道她，她有一副天生的好嗓子。"

屏幕说到广播的时候，激动地站起身来，在昏暗的房间里四处走动，

---

① 宙斯：古希腊神话的第三代神王。
② 扎格列欧斯：冥后珀耳塞福涅与冥王哈迪斯之子。古希腊神话中传闻他的生父并非哈迪斯，而是宙斯，这引起宙斯的妻子神后赫拉的嫉妒，赫拉命人将他肢解。他死后，宙斯心生哀思，依照他的模样塑造了凡间的人类。
③ 奥丁：北欧神话的第二代主神。
④ 克洛诺斯：古希腊神话中的第二代主神，宙斯、哈迪斯、赫拉等神的父亲。后被宙斯推翻统治并将其囚禁。

边踱步边说:"你要知道,当年我们四兄弟,我、卫星、互联网、电影,一起联手才把我妈扳倒。当时我们几个小辈跪着求晚会之神、新闻之神、运动之神,受尽了侮辱,才跟他们达成联盟,有了今天。她是克洛诺斯,她险些要把我们侵吞,一点儿当妈的样子都没有。"他痛快了一番,然后骂骂咧咧地坐下。

广播之神是纸书之神和留声机之神的女儿。她参与了人类长达几十年的世界战争,战争结束后,旧的信仰逐渐枯萎,新的神明崛起,她被推认为新神第一代的主神。

在屏幕之前,她曾执掌凡间数十载。

"据我所知,她现在还活着对吧?你们根本没能力赶尽杀绝。主神一直以来是这么仁慈吗?还是说这是从你开始才出现的风气?"G挖苦道。

"那是她跟交通之神苟合才……才……"

G看着屏幕恼羞成怒的样子颇为得意。"据我所知,"她又要说她的口头禅了,"你跟交通之神的关系很差。"

"这是我们的家事。"

"'交通之神这个乱伦的老顽固。'你私底下是这么说的吧?你的父亲旧工业之神死得早,你一直很担心你妈妈再给你找个后爸,对不对?我也有情报来源哦!"G用手指刮着下巴,扬起脸看着屏幕。

"回到正题上,我找你,是要你帮我把我的侄子网络媒体之神教训一下,而不是让你调查我的私生活,听明白没有?"

G一脸不屑,心想:"世界上最喜欢打探别人私生活的人难道不就是你吗?人类贪婪地紧盯着你,你也贪婪地紧盯着人类,美其名曰'构建隐私安全的大数据',实际上不过是互相喂养罢了。"

"教训有很多种,杀两个神是教训,给他们一点儿颜色也是教训,让他们知道你还活着也是一个教训。你想要的是哪种教训?"

"我要给他们一个让他们这辈子一想起来永远做噩梦的教训!钱不

是问题，我可是上一任的主神。"

"要是在十年以前，你来找我，我可以帮你的忙。但如今，据我所知你的孩子们已经是统治者了。"

"得了吧，你不过是想要提高价格而已。谁不是被逼上绝路才会找你？你还真当自己是地下王国的女王了？死神宁可饲养黑狗，也不愿意饲养你们啊。"

"那你有没有想过提高自身素质，让自己能够跟你的孩子们正面一较高低？比如说我认识缪斯①和弁才天②，她们可以帮忙引荐写作之神和音乐之神。哦，你不要突然这个表情，是我不对，我忘记了，我不该提音乐之神的，毕竟你妈妈跟音乐之神是情人关系。"

"我可以随时终止这项委托。"屏幕不快地说道。

"好了，先收拾收拾，我带你包装包装。"G从衣架上取下她带有四个袖子的风衣，又丢给屏幕一个机车头盔。

"对了，你不晕摩托车吧？"

4

G拿着弁才天谱好的一首曲子当做礼物，前往写作之神的住所。

这是一栋郊区的房子，房子用各种材料拼搭而成，从古老的木材、简易的塑料到还未民用的宇宙合金，一砖一瓦都运用得恰到好处。看得出从古至今，他的信徒们为他建造住所费了很大的心力。

她按了按门铃，一个臃肿的胖子从屋子里走了出来。他戴着眼镜，龅牙，中分的头发上打着发蜡，身上披着由各种名贵毛皮拼凑成的时装，一副随时都要炸开的样子。

"诶！G，又来跑腿了？"他豁着龅牙说道。

---

① 缪斯：希腊主管艺术、科学、文艺的九位女神的统称。
② 弁才天：日本七福神之一。又名妙音天女，印度教和佛教共同的音乐、文学和辩论之神。

"认识一下,这是屏幕。"G用大拇指指了指背后的屏幕之神。

写作伸出细手:"你好,久仰大名。我认识你大哥电影,我们经常谈到你。今天大驾光临有什么事吗?"

屏幕高傲地回握:"他经常和你说我的坏话吗?"

"没有的事,电影那个家伙嘴里没一句实话,哈哈,进来坐吧。"写作敞开门,请二位进屋。

他的房子内部装修得过于精美:拿破仑的军装在墙壁上挂着;旁边就是雅克路易大卫①那幅著名的油画《跨越阿尔卑斯山圣伯纳隘道的拿破仑》;中国的青花瓷被从墙壁上延伸出来的一对女性的塑雕手捧着……世界各地搜集来的珍品都被他嵌进自己的房间里,这里和G那个昏暗破败的事务所形成了鲜明对比。

"也就是说,你想让我帮你从你孩子那里争取养老金?"写作躺在丝绒沙发上,听二人说明来意后问道。

屏幕纠正道:"不要说得那么难听,我只是想让你帮我重新在人类那里建立祭坛。"

"我跟你的小辈们关系也都不错。VR之神、超梦之神、虚拟重构之神、网络媒体之神。要知道,他们可都喊我爷爷呢!历史是不断向前的,咱们也要向前看啊!"

① 雅克路易大卫:法国画家,曾为拿破仑创作多幅油画画像。

屏幕不屑地说道:"咱们开门见山吧,我是主神,他们给你的,我也能给你。还记得我和互联网搭手,你在我的地盘上尝到的那些甜头吗?那时候多少人对你趋之若鹜啊。"

"快闭上你的粪坑嘴,把那些不三不四的弄潮儿从我这里清理走费了我好大力气。等我忙完去品尝甜头的时候,盗版之神早就像只狗一样偷吃完了。"

屏幕低吟:"是你没和版权之神搞好关系嘛!"

"版权之神,哼!版权之神到底是你们给我安排的保镖,还是雇来杀我的杀手,你们心里最清楚。整天不去抓盗版之神,反而逮着我的信徒盘问,岂有此理,真是岂有此理!"

眼看着两个人几乎要吵翻了,G忙着打圆场:"写作你消消气,帮这个老哥想想,他付给我真金白银了。就像当年他迫害纸书之神的时候,你私底下帮纸书之神做的事情一样。"

写作摇了摇头:"得了吧,傻子都能看出来,VR是你的绝对升级品,他比你更具表现力。你做得到的事,VR都能做得到,你做不到的事,VR和其他人都能做得到。所以你要适应时代,该服老了,老头。"

"我不信。"屏幕猛地摇了摇头,"凭什么宙斯、奥丁、伏羲作为主神的时代都过去上万年了,他们还能被人记住,而我却要被替代?"

"你能和他们比吗?"写作没好气地瞥了他一眼。

"胖子!你不要瞧不起人了。"屏幕顿时恼羞成怒,跳向写作,一把拉住他的领子,伸手从自己的影子里抓起一块细长的玻璃碎片,朝着写作的大肚子就刺去了。

说时迟那时快,G来不及保护写作,只听写作惨叫一声,震得屋外林间觅食的鸟儿们扑扇着翅膀都飞走了。

可是等到屏幕拔出玻璃碎片的时候,上面竟没有一丝血。写作大惊失色地掀开自己的百衲衣,原来,他本骨瘦如柴,那"胖起来"的身体全是些毛绒绒的里子,玻璃片连那些里子都没有刺破。

## 5

写作又惊又气,叫来警察,把二人带走了。

最后还是屏幕的孩子帮他和G交了保释金,他们才从看守所里被放了出来。

"想不到如今的保释金如此之贵,"屏幕悻悻地对G说道,"早知道这样当年法律在我的祭坛上进行普法教育的时候,该多收他点儿税金,实在太不讲情面了。"

"您的孩子有一封信给您。"律师道。他把一个电子密钥给了屏幕,屏幕插进他脑袋上的接口里,图像立刻在他的大脑里显现了出来。

是他的侄子网络媒体之神,也是如今凡间信徒最多的新神。

年轻而英俊的网媒之神坐在他心爱的洁白大床上,阳光洒进来,照在周围醉倒的仆人身上。他捂着头,一副苦恼的样子:"亲爱的叔叔,请您不要再给我们捣乱了,既然您还活着,就应该好好待在我们给您安排的养老院里,和您的那些老朋友一起叙叙旧,这是对我们最大的支持。好了,我还要继续睡觉,您趁早回去,免得我们这些小辈对您不敬。"他摆摆手,图像随之关闭。

"岂有此理!"屏幕气的原地跳了起来。

"要加价咯。"G抱着胳膊看戏。

"不管怎么样,我要给他们生不如死的教训。"

"损失人类信徒给他们教训也可以?"

"那些信徒早就抛弃我了,他们都该死!"

## 6

扎格列欧斯刚刚运动完,汗水的雾气从他结实的肌肉上升腾。

G坐在他健身房的网床上委屈地说:"这件事我不想让你老爸哈迪斯知道,所以我需要你哥哥阿波罗帮忙,我听说他在驾驶太阳车之前是掌管瘟疫的神。"

"哈哈哈，没问题啊。他可太喜欢重操旧业了，他之前可把人类害苦了，所以才会派他去开车。"

"到时候报酬我们三七分。"

"我三你七。"扎格列欧斯说着，拿毛巾擦干了他的白色卷发。

"这么好吗？"

"只要你开心，我的女神，我的钱最后还是你的，我的心也一并送给你。"

G咯咯咯地笑起来："你对谁都这么说吗？"

"只有我们俩在一起的时候，我才这么放松。平常我是很威严的，不信你问问我的信徒们。"

"不必问了。咱们都认识多久了，你的把戏都玩了上千年了。"

"我对你是真爱，不信你摸摸，我的心空了，是谁偷走了呢？"他抓住G的手，让她去摸自己的胸脯。

G不客气地抽回手："好吧好吧，那你的子民呢，那些人类？"

"人类嘛，诞生于我父亲手下，只不过他用我的身体做了人类而已，后来又用我的身体爱上各种女士。唉，希腊众神真是太乱了[①]。电子神他们的关系多么纯粹，我都想要为他们的纯洁献唱一曲了。"

"那就用这首歌作为题目，让我的子嗣们在人类世界里传播吧！"

7

当圣诞节的第一缕阳光洒在大地上，伴随着当时已经大范围普及的脑内虚拟重构技术，一种新型病毒在凡间迅猛传播开来。

当人类发觉的时候，他们费劲心力搭建的脑内系统已经成为病毒的温床，人们源源不断地遭受着不可逆的脑损伤，紧随其后的就是大面积

---

[①] 一些古希腊戏剧中，宙斯从天界下凡时伪装成年轻帅气的扎格列欧斯的模样引诱凡间的女性，而非传统神话中白发老者的形象。

的死亡。

增值，是G送给她子民的祝福。

还未搭建脑内系统的人们为"落伍"而庆幸。幸存的人类迅速掐灭了这条错误的科技方向，重新回到了屏幕的怀抱。

几年后，屏幕制造业恢复了往昔的繁荣，人类庆幸他们又一次战胜了病毒。后来他们给那场史无前例的电子瘟疫命名为"神殇"。

8

故事到这里便迎来结局，脑机之神从此被封印在人类的历史里，VR之神和超梦之神失去了爱人。网络媒体之神得到了教训，尽管不是致命的，但已经消减了他的嚣张气焰。冥府也要热闹起来了，扎格列欧斯盘算着如何收取人头税，想象着在父亲焦头烂额之际，献上自己早已准备好的协调方案。

至于接下来屏幕之神还有什么打算，G已经不在意了，因为屏幕给了她一笔丰厚的报酬，她的子民又一次得到了增值。

她是增值之神G，地下王国百亿子民的神，能接受万事万物委托的G。

她的办公室又一次亮起了这个招牌，等待下一个神灵光顾，献上人类的献祭。她们是不死的，当你看见一个G的时候，暗处就有一千个。

嘘，你听。

"叮咚"……

似乎对付女人的手段是无须言说的。

# 莱诺皮肤树 11

# 脑洞主义

## 青年失落时代

1

19世纪末,在工业革命初现成果、机器时代大繁荣的景象中,一个名叫金克斯·莱诺的英国纺织工人在阴差阳错之间为植物学作出了斐然的贡献,并且影响了后来如材料学、医学、伦理学等多个学科的发展进程。可惜的是,她并不如发明出"珍妮纺织机"的那位同行那般声名赫赫,甚至在一些人的有意遮掩下,这项可能影响人类历史进程的重要发现被从当时的大部分时事记载和历史档案中抹去了。幸运的是,1907年,在爱尔兰岛上一个不知名的小出版社出版的唯一一本杂志《空间月刊》的7月刊上,刊登了一篇题为《现代神经科学之父——他从何处来,又要走向何方》的文章。在这篇圣地亚哥·卡哈尔的访谈记录中,首次公开提及了金克斯的意外成果以及它对神经科学的影响,可能是因为这本杂志的订购人数仅有可怜的37个,它的记录才得以保留,让我们今天对历史的考察终于有迹可循。

文章中,卡哈尔并未直接提及植物学领域的那项重大发现,他声称自己对除人以外的生物方面的知识都一窍不通。他只知道,这位伟大的女士用植物制造出了一种神奇的纺织材料,当它覆盖在人类身上时,可以发育出类人的神经与人类庞大又复杂的神经系统产生连接,而他有幸在一次聚会中听到女士们在谈论这种未来可能占领市场的新型衣服。于是他通过层层关系,弄到了一小片这种组织。卡哈尔拒绝称之为material(材料),而坚称它是一种 tissue,即生物组织。通过对这片组织与小鼠皮肤黏合和连接方式的分析,结合此前他对人神经元的大量观察和研究,1894 年,他终于下定决心发表那篇关于神经元信号传递途径的文章。可惜的是,在杂志审稿时,出版社似乎受到了某些压力,要求他删去有关那片神奇组织的内容,他为了让研究结论尽快发表,并且删去该片段并不影响这个新理论的推演过程,便同意了。但他至今仍十分感谢这位从未谋面的女士,是她的成果给了他发表的勇气,进而让他获得了 1906 年的诺贝尔生理学/医学奖。

至今,我们仍不知道给出版社施加压力的是何方神圣,但卡哈尔的坦诚和爱尔兰岛这个出版社的勇气(又或是鲁莽)给了当代好事者们一个契机。我们通过已公开的绝密档案、当时的小报和民间传说,进一步地挖掘出这一历史事件的种种细节。这些信息碎片自然而然地拼合在一起,形成了这个我们可以视之为真相的故事。

2

金克斯·莱诺出生在英国诺丁汉郡一个并不富裕的家庭,她的父亲是一名清道夫,母亲是一名传统的家庭纺织工。夫妻二人的营收勉强能养活家中的五个孩子,金克斯是家中的老三,前面有一个哥哥一个姐姐,后面还有两个弟弟。她从小就鲜少得到父母的关注,传说她出生时,家中唯一一只没有缺口的碗自己从桌沿边跳了下去,父亲大叫了一声她可真是个灾星(jinx),这就草率地成了她的名字。在她 16 岁那年,镇上新兴的纺织工厂开始招工,母亲迫不及待地把她塞进了工厂的学徒行列。三个月后,她正式成为了一名纺织工人,工资刚好够贴补两个弟弟的学费。

四年过去了,机灵能干的金克斯荣升为她所在工厂的第一名女性领班,工资也涨为原先的两倍,但她对父母只字未提,因为年轻的她有着远比做纺织工领班更大的野心，这笔偷偷攒下的私房钱迟早派得上用场。

根据菲尔德第一纺织工厂1890年3月4日的管理层早会记录，厂长R先生（后经考证，R应指的是里克尔——Rickle）情绪激动地给众部长念了近三个月来的销售表现。无论是12月圣诞季的特别装扮，还是冬季正常款的大衣和厚衬裙，他们都让渡了至少30%的市场份额给了竞争对手盖德纺织厂。这个趋势如果继续下去，春季的营收将惨不忍睹。厂长先生亲自走访了一些服装商店，甚至不惜放下身价偷听了不少女士的闲谈，发现由于缺少优秀的设计师，本工厂的产品压根入不了那些上流社会夫人的眼。这样的困境让会议沉默了足足十分钟，但凡是对服装行业稍有了解的都知道，市面上目前最招人喜欢的设计师已经嫁给了竞争对手家的大儿子，这条路算是走到了死胡同。突然在一片沉默中，总出怪点子的斯诺德先生有了想法："我们的衣服为什么一定要卖给那些夫人小姐呢？"他提出，买衣服的可不只有夫人小姐，他们家中的仆从、女佣，走在街上形形色色靠劳力混一口饱饭的人们，也需要时不时地换上一身新衣服好体面地去教堂和参加婚礼。虽然他们不如夫人小姐们那般每日以衣物消遣取乐，但他们人数众多，市场需求量并不比上流社会少。如果工厂愿意改为生产适合日常劳作的透气面料和价格更便宜的体面衣服，或许能有所转机。

R先生决定先回到自己的办公室慎重思考这一提议，宣布散会后随即把斯诺德先生和另几个与他较亲密的属下叫到了自己的办公室，进一步讨论了这个问题。

3

半个月后，斯诺德带领着一个五人小队，而金克斯作为优秀员工代表名列其中，前往农村和更偏远的荒郊野岭，开始了为期五个月的考察旅程。他们此行的目的不仅是调查农民们劳作的穿着习惯和面料偏好，还包括为制造更舒适、贴身、吸汗的布料寻找新的植物原料。如果他们能拥有一种独一无二的纺织材料，就相当于拥有许多款再无竞争对手的产品，这是老厂长与斯诺德彻夜长谈定下的长远计划。

在这个长达五个月的旅程中，小队在不熟悉的野外环境中吃尽了苦头。但由于这次旅程并未留下任何文字记录，连同行队员们的日志都无迹可循，我们今天并不能知道这五个月中究竟发生了什么。在这期间，工厂的安保部门倒是报告了多次金克斯母亲上门向厂长讨要女儿的突发事件。显然，当这个从未引起过父母注意的女儿无法按期上交工资时，她在家中的存在感就被放大了百十倍。最终厂长先生亲自出面向莱诺太太解释了金克斯此行的重要性，以及她的工资会在她返回时一并发放。在得知如果旅程顺利的话，她还将拿到一笔不菲的奖金后，老太太才放过了工资这回事，随后向厂长大倒了足足三个钟头的苦水，核心要义是金克斯已经到了嫁人的年纪，却为了工厂的未来和几个大男人跑去了深山老林里，这对一个女孩的名誉可是毁灭性的打击，若她未来在结婚的事上遇到了困难，工厂应当承担100%的责任。安保队长在这次报告中用了一千字的内容赞扬厂长对待突发事件的超凡智慧，略费口舌就轻松地平息了莱诺太太两个月来的怒火，并且她再也没有找过工厂麻烦。

厂长的这番口舌算是没有白费，在这次旅程中，金克斯发现了那棵至关重要的、后来在官方记录中被命名为"莱诺皮肤树"的神奇植物。

根据金克斯返回后的回忆，起初，他们的主要目标是各种植物的纤维，所以他们采集了大量茎秆和叶片并予以标记，计划回去后提取纤维作为纺织的试验品。但在一次缺水事件中，小队足足有三天没有找到自然水源，耗尽水壶里的储水后他们开始绝望地割开所有树木的树皮和枝叶，试图补充水分。金克斯在缺水的眩晕中跌跌撞撞地脱离了队伍，在一处山岩边割开了莱诺皮肤树的树皮。

很快，清透的液体从树皮的伤口中淅淅沥沥流了下来。金克斯欣喜地把手伸向了水流打算捧水来喝，却发现这些液体并没有如正常水流一般流进她手心的凹陷处，而是像有生命一般顺着她的皮肤爬行开来。她

吓得一惊,迅速把手抽了回来,而残余在手上的液体缓慢又艰难地继续朝她的手背爬去,最终形成一层手套般的薄膜。这软滑的手感让她联想到了在夫人们中间流行的丝绸手套,随后她惊奇地发现这层薄膜的触感越来越接近丝绸手套,连颜色也变成了她脑袋里正在想象的黑紫色。她吓了一大跳,颤抖着用另一只手帮忙褪去了这只手套,它一脱离皮肤就立刻变回了液体的模样,直到一只蚯蚓缓缓爬过,它便附着在蚯蚓的身上,随之消失在土地里。

4

在一个已经被解除绝密等级的档案袋里,有许多份关于这棵树的解剖文献。显然在这种树成为"禁词"前,它在学界引起了相当多的讨论。其中植物学家阿尔伯特·斯坦尼克对这棵树的汁液之功用进行了特别的阐述,下面请允许我引用这篇文献的部分内容:

"众所周知,树的汁液中普遍溶解了多种无机化合物,作为植物的养料供应储存在树的液泡中。但通过分析莱诺皮肤树的树液,我们对这种植物体内的天然水分有了全新的见解。它的液体主要储存在树干的一些管道状结构中，下面是其中一棵树的管道切面图（附图）。通过对多棵树干切面的分析，我和我的团队认为，它在树干中并非储存的状态，而是在一条相对宽阔的管道中循环。这样的结构允许这种液体直接摄入大分子有机物，而不受细胞膜的筛选机制限制。因此我们认为它在树中不仅仅起到输送养分的作用，还承担了各结构之间信息传递的功能，它所携带的因子可通过一种我们未能理解的方式组合和转换，模仿成其他化学物质的模样，从而将树叶和果实的营养需求传递至树根位置。树根经过寻觅后会回答是或者否，而这个回答将影响地上部分结构的营养分配和生长调节，这样成熟如脊椎动物的信息传递系统让这种树的营养状况普遍高于同区域的其他植物。"

在另一篇由化学家德斯克·韦伯和分子物理学家列夫·托克斯坦尼夫斯基联合撰写的文献中，证明了这种植物学家不能理解的神奇因子就是简单的氢离子。他们还证明了这种模仿并非氢离子自动自发进行的，而是由在液体环境中存在的似乎带有自由意志的磁场引导其组合拼接而实现的。他们用19世纪发现的还算新潮的电磁感应现象，在树身上探测到了独特的磁场变化，但遗憾的是，他们并没能找到这种变化的规律，只能宣称这磁场带有"自由意志"而草草下了定论。

金克斯对这些科学上的事一窍不通，对她来说，这种树是巫术附体也好，是外星生物也罢，都不是什么重要的事。她唯一关心的问题是这种新型材料能否被制成衣服，能否如厂长所说的"占领市场"。毕竟即使对她这个发现者来说，拿液体当作衣服穿也有点儿超出认知范围了。

5

回到镇上，斯诺德立即带着小队把这种神奇的液体呈到了厂长面前，他们当中一位勇敢的男士还主动站出来作为展示品，在厂长面前脱得精光后将这种液体泼到了身上。很快，它逐渐掩盖了他的裸体，最终变成了一身颇具气派的舞会正装。秘书小姐或许是第一次如此直白地见到男性的身体，在记录这段会面时字迹有些凌乱，甚至还有好几处拼写错误。她草草记录了两笔衣服的样式，用词也极不规范，从记录内容中我们可以勉强分析出它变成的大约是一身黑色燕尾服，还搭配了花哨的领结和褐色的暗行条纹。

显然，我们的厂长在他四十年的从业经验中从未目睹过如此景象，他当即决定要动用自己全部的人脉和经济资源发展这条"液体织物"生产线。在接下来的半年里，他如此振奋地工作，亲自带着小队去那片山上找到了更多的皮肤树，采摘了果实和叶片交由园林专家练习培育。厂长还用自己的积蓄购买了大片田庄用于种植树木，同时将关于这种神奇面料的消息悄悄地在各大社交场上散播开来，竞争对手盖德纺织厂的人们也无一例外得知了这个传闻。

如果我们打开盖德纺织厂历年重大会议纪要，会发现向来温文尔雅的老盖德唯一一次"大怒"就发生在关于这个传闻的会议上。他头一次口不择言地破口大骂对手的无耻和侥幸，提出了诸多上不了台面的糟糕见解，并且每说完一个他认为与他绅士身份不符的提议就会吩咐秘书把刚刚记下的划去，这导致整篇记录被涂画得仿佛是一张草稿纸。我们从黑色笔触的间隙可以隐约看到"烧了那座山""雇几个痞子好了""Rickle那个无耻的玩意什么时候死"之类的言辞。最终，会议在"发现它的是个女人？那我们就好办了"这句话上收了笔。

似乎对付女人的手段是无须言说的。

6

接下来的内容并没有更多的文字记载，历史从来不屑于写下这笔长存于时间汪洋中的恶意。我们只能通过口口相传的民间故事和一些不确切的信件递送记录拼凑出金克斯的结局。

在R先生大张旗鼓地筹备了大半年的时间，终于让这个全新的、可能改变服装史的产品走到了正式宣传的环节时，关于发现这种树的女人金克斯实际是一名女巫的传言也以同样迅猛的速度席卷了诺丁汉。

那些草率的、严谨的妄言或是严格论证的研究成果被从科学报刊的各个角落中翻出来作为证据。有着自由意志的磁场、不同寻常的树干结构、远超同类的营养水平……无一不成为这种树与巫术或魔法有关的证据。液体像活物一样爬行在人的皮肤上，这种行走方式与蛇或者蛆虫是多么类似啊！就连她的名字"灾星"，都活脱脱是个女巫的名字。至于她与这棵树的关系，普遍观点是那棵树是她的女巫血脉让她天生就知道祖先施过法的魔树的位置，如果把她捆在石头上用炭火烤她的脚底，她准能招供出其他种类的魔树是什么模样。还有人声称曾见过她在墙角作法通灵，获得了一串数字，他还凭着惊人的记忆把数字复述出来，再托天文台的熟人一查，果然是那棵树所在山脉的经纬度。

原本在感叹自然之奇妙或是上帝造物的恩典的人们纷纷倒戈，谣言从社交场上的窃窃私语发展成了街道上问候语的一部分："早安，你以前见过金克斯那个丫头吗？"到最后更是发展成了明目张胆的欺侮，金克斯若是敢敞着脸上街，准会有人在她脸上啐一口痰。

厂长迅速停止了对这条生产线的筹备，并四处声明这个发现是由一支六人小队共同完成的，但这样的声音像一只溺水的小鸡，只扑腾了两下就被淹没在流言的池塘里了。更过分的是，由于他的声明，一部分的怒火被引到了他的工厂身上，不知名的暴徒们烧了他的林子，毁了大半的机器，甚至从他的办公室中翻出了野生皮肤树的位置信息，寻宝一般毁掉了那些成年的"可怕"树木。

金克斯的父母在这场舆论战中迅速加入了群众的汪洋大海，四处向人们讲述金克斯幼时是如何乖巧懂事，六岁那年突然被魔鬼上身的可怕故事。在这个故事里，他们夫妻二人是不幸的受害者，是勇敢的抗争者，又是忍辱负重的养育者。他们夫妻二人但凡有一个人是有权有势的，或是有文化的，必然早早通过人脉找来驱魔师或是牧师长老为孩子驱除恶灵。可惜命运弄人,这件事发生在这样一个贫穷又不幸的家庭里。

金克斯被迫从家中出走,隐姓埋名在各个乡间旅馆间,以躲避那些声称要取她性命的好事之人。曾经攒下的私房钱如今成了救命钱,原来金钱真的可以用来购买生命时长。

提心吊胆的同时,她日日都在思索这样一棵普普通通长在山野间的树如何与女巫扯上了联系。她人生头一次打开了那些科学期刊,读了一篇又一篇关于这棵树的文献,她多么希望科学能有办法解释清楚它仅仅是一棵树。于是在生命的最后一段时间,她计算了剩余存款能购买的年日,抽出一部分来,购买了一沓邮票。

每天深夜,她都冒着生命危险偷偷摸出旅馆上山,采集树的果实、汁液、树皮等各种标本,塞进信封,投入邮筒。等待第三声鸡叫后,邮递员会把它们送到她在期刊上读到的每一个学校和实验室里,她不知道学科与学科之间的差别,也不知道他们究竟能从中发掘到什么有用的信息,更不知道这样的信件很多实验室压根不会拆封而是直接丢进垃圾桶。可能正是因为不知道,她才会坚守着这份决心,直到离世那一天。

在金克斯离家四个月后,寻觅皮肤树的"灭种队"(他们给自己起了这么个名字,并且煞有介事地做了面旗子)在一棵皮肤树下发现了金克斯的尸体。她被覆盖在厚厚的皮肤树汁液里,汁液呈现的形态是一层密不透气的象牙质地的椭圆形外壳,她把自己裹成了一颗茧,却再也没有了破茧而出的生命力。

有人说,她直到窒息致死都维持住了对茧壳的想象,如此强大的意志力恰恰证明了她就是女巫。有人说,女巫这样死亡仍是有风险的,不排除她的巫术会让她有一天钻开茧壳蜕变成一只人形的蝴蝶来报复世间。这些话也很快被历史蒙了尘,因为这件事大约是传到了诺丁汉郡的地区长官那里,甚至连女王大人似乎也有所耳闻。虽然没有证据证明存在这样的事情,但唯有这些极度关心自己历史名誉的人才会将这个故事视为丑闻,并不顾一切地掩盖它留下的踪迹。

7

根据不完全统计,莱诺皮肤树,这种"天外来物"在有限的传播范围内引发了三十四个学科的积极讨论,其中十二个学科因对它的深度研究进而让本学科产生了历史性的飞跃。甚至爱因斯坦在研究更大尺度的物理规律时,也曾对皮肤树汁液包裹人体的神奇现象产生过兴趣。他的一名学生称,在一次偶然撞见他读相关文献后,他解释说:"虽然这么说有些过于以人类为中心,但从更大的尺度上观察,宇宙也不过是地球的一层皮肤罢了。"

本次事件最终被定性为白眼狼咬了它慈悲的主人。

## 万母之神 12

1

"你已于3小时52分13秒前完成进食,饱腹感达到标准指数,下次进食预计在……"声音从田月体内传来,"连接中断,计算失败。"

"请求重连。"

"连接失败。"

田月仍不死心,又尝试了几次,系统依旧报错连连。

"没用的。"魏脘略显虚弱的声响从防护面罩下传来,"如果完不成任务,所有人都要挨饿。"

田月吐一口浊气,在面罩上呵出一层霜花,幽幽地问道:"我们和大部队失联多久了?"

"已经四小时了。无法连接母神,说明敌人已进入核心区域,切断了外围所有连接。"

"连精英部队都不能应付,更何况是我们。"田月压低声响,仍被魏脘以眼神打断。

"谨言慎行!"魏脘手指腹腔,"即使失去连接,它还在我们体内,依然在听。"

田月闻言噤若寒蝉。她吃力地迈开步伐,但要将双脚从一地黏液中抽出来绝非易事,闭嘴至少能节省体力。

"与赉门相距仅一公里,预计十分钟后抵达。"声音冷不防从魏脘腹部冒出,让他像个演技拙劣的腹语者。为避免伤及万母之母,两人只装了近战武器。魏脘双手握紧笤杖,好似攥住表演道具,而他的背影像个畏畏缩缩的小丑。

"敌人到底是谁?"恐惧从魏脘微颤的双臂传导给田月,她的声音哆嗦不止。

"我和你情报来源一致,不比你知道的更多。"

"什么人会对万母之母不利?"田月咬牙切齿,"何等不孝的子孙想杀死辛苦养育他的母亲?让他无辜的手足一并陪葬?"

魏脘不语,只是埋头向前。田月还待追问,忽听"嗖"一声轻响,两截蓝色焰柱分别从魏脘笤杖两头冒出,示意她暂且收声。

## 2

"即将抵达赉门,前方无异常。"

两人止步于幽暗的甬道前。入口黝黑,外壁瑟缩如活物,仿佛海葵不断收拢扩张。气息来回吞吐,酸风四下回旋。敬畏与饥饿感一道从两人腹中奔涌而出。他们拜伏在地,额头紧贴地面,与各自的胃部齐声唱道:"万母之母。"

入口内部传来血肉蠕蠕之声遥相应和,如管风琴般与整座洞穴共振,洞壁、地面随之起伏如浪。此地仿佛化为教堂,器官鸣响,齐颂弥撒曲,暗粉色肉壁则如五彩琉璃窗般光华熠熠。

"母神恩准我们入内。"魏脘恭敬起身,收起武器,小心翼翼地穿过入口,田月紧随其后。两盏光芒微弱的头灯照亮前路,步履激发的回音与黏液滴落的水声交融,田月恍如置身溶洞,两侧有源远流长的地下河相伴,绵延至无尽深渊。

但她能真切感到,脚底的触感是如此柔软,黏膜与肉壁传来的反馈,让她无比确信自己身在活物体内。她因此感到无限荣宠,所有人都源自万母之母,却少有人能来到活圣殿,瞻仰母神真容。若非田氏侍奉万母之母多年,神仪扈卫的后备部队绝无田月容身之地。

田月不由得为方才的退缩而感到羞耻,恨不得以进食管自缚,绝食思过三天——这绝对算是最虔诚的斋祭了。她的胃部像是感应到了她的情绪变化,隐隐发出白光,为她的迷途知返而感到欣慰。

加密频道传来魏脘竭力压制的惨叫,没等田月反应过来,魏脘粗暴地拽了她一把。头灯的光芒交会到面前的洞壁,他们终于知道失联的前方部队是什么下场了。

只见身穿作战服的数十具尸体背靠着洞壁,盘腿坐在地上。从肉壁上伸出的进食管与他们肋下的进食口紧密相连。田月这才想起,前方部队失联的时间与他们上次进食的时间吻合。即使母神子民的食欲极强,神仪扈卫的作战素养也不会让他们同时进食。恐怕这些形似触须的进食管是强行与他们接驳的,将足以注入他们体内。

眼前这些扈卫保持着生前姿势,内里被注入融化五脏的强酸,成了一具具空壳。魏脘壮起胆子,推了推其中一具尸体。后者随即向前仆倒,背后露出大片缺口,仿佛一件经年不穿的大衣,衬里被蠹虫钻得千疮百孔。

田月感到阵阵反胃,此时若是个古人类,必定当场呕吐。而母神的子民早已不受这种条件反射的影响,田月喉头微滚,恢复了正常。

3

"万母之母庇佑,"魏脘斟酌了一番用词,"他们都回到了母神体内。"

这番话说得违心。死者生前明显进行了反抗,笞杖在肉壁上划出了纵横交错的痕迹。面对强酸灼身之痛,再坚实的信仰也会土崩瓦解。而洞壁上的创口血肉翻卷,一张一合竭力喘息,不出几小时就可以愈合了。当然也有坐以待毙之人,只不过不知是来不及做出反应,还是甘愿舍身饲虎。

"已与万母之母重新连接,你的饱腹指数降至标准线以下,将于1小时57分钟22秒后再度进食。"两人已进入活神殿,胃袋重新开始报时。

看着眼前的尸体,魏胱不知下一餐等待他们的是食物还是死刑。他只是略生怀疑,胃部突如其来的绞痛几乎瞬间将他击倒在地。冷汗从他额头兵分两路,汇至下巴,打湿了面罩。

"继续……前进。"魏胱挤出这四字以后,胃痛逐渐缓解。两人已经明白,"它"依然在听、在看,人类没有退路,必须在进食前完成任务,才有生还的希望。

"母神体内还有一个活体反应,就在幽门窦附近的中央祭台,"田月将魏胱扶起,"离我们不到五公里。"

两人都认定,对他们产生威胁的并非万母之神,而是那个在母神体内兴风作浪的害虫。他只有一人,在神仪扈卫面前本该不堪一击,只是不知用了什么方法,竟然改写母神的性状,利用进食管将他们全部杀死。

"我们不该呼叫增援么?"

魏胱摇头,无奈地说:"母神之外的连接都被切断,即使联系上附近的戍卫队,没有教职的凡人也不能进入万母之母。所以短时间内能上阵的,只有你我。"

他眼中透出寒意,苛责田月想法中的不敬。毕竟在教会看来,让凡夫俗子进入母神内部是最不堪的亵渎。田月自觉失言,慌忙低眉垂首。

4

两人一路无言,穿梭在黏膜为壁、血管为柱、肌层为顶的血宫,仿佛置身于母神降世以来的历史长河。自母神现世已逾两百年,其信徒完全消灭饥荒,人类再也不用为食物而奔忙,代价不过是让母神的分肢进入人体,生成一颗不属于人类自己的胃。

或许在古人类看来,这项交易大有可疑之处。但在长达数年的核冬天后,母神提出的条件不容拒绝。当时幸存的人类成为万母之母忠诚的信徒，协助母神建立遍及世界的食管网络。自此人类的牙齿、味蕾、食道都成累赘（它们是新时代的盲肠），将不可逆转地退化。原有的胃部被母神完全改造，所有人的肋部长出可以与食管相连的孔洞。食管网络彻底建成后，人类将通过胃部与万母之母相连，远比古人类建立的互联网亲密而纯粹。

母神的根须在全球范围汲取有机物，只需少许微不足道的催化剂，就能供应数百万计人类足以果腹的食料。侍奉万母之母的教团应运而生。人类从怀疑到顺从，再到甘之如饴，不过短短十年。其间也有不愿被驯化的反抗军起兵反抗，但这群饿兵在教团武装面前简直不堪一击。

田月仍记得，反抗军首领被捕后，在行刑台上厉声质问："你们想让人类彻底沦为家畜么？"

教团领袖指着这满目疮痍、寸草不生的大地，大声质问："这片土地种不出粮食了，你想让所有人都饿死么？"

教众将反抗军首领丢入母神体内，饶有兴致地观赏他被强酸融化，成了母神成长的催化剂。母神的分身在地球开枝散叶，不过一个世纪，那团蜷缩于地底的丑陋肉团成了遍布全球的不朽之躯。教团着手改写历史，宣称是母神孕育了这颗星球。

五公里的距离在动力装甲驱动下很快走完。临近幽门窦，母神体内的通路越发宽广，两旁的肉壁饶有规律地蠕动，与每颗仰赖她而活的心脏一起跳动。行走其间，田月想起一则年代久远的传说：木偶匹诺曹落入巨鲸体内。但鲸这种古生物与母神相比，也不过是一尾小鱼。

"二位没有用餐？"祭坛上的人开口说话了。

"快快伏诛！"魏睆手持武器步步紧逼，等他看清对方样貌，不得不将"异教徒"三字吞下肚去。

教团副祭祀身着祭礼长袍，负手立在台上。

田月惊道："您怎会在此？"

"明知故问。"

"为什么？"为了信仰，也为了生命，魏脘决定不再细究，"不，我不关心叛徒的借口，受死吧！"

"小麦，"副祭祀的眼神居高临下，带有悲悯，"因为我们种出了小麦。"

"什么？"田月、魏脘面面相觑。

"它是一种天然作物，需要一颗自由的胃来承载。"副祭祀敞开前摆，人工胃袋与长袍相连，仿佛外挂了一颗胚胎。

"你把母神赐予的胃切除了？渎神重罪，理应极刑！"

副祭祀不屑一顾地问："谁不想拆掉身上的定时炸弹？"

"妖言惑众！"

"母神赐予？你可知新生儿接受移植手术的死亡率？你可见过刚出生的婴儿在排异反应下受尽折磨，死在父母怀中？你可见过原本健康的老人因为器官提前老化，无法进食而被活活饿死吗？"

"优胜劣汰，他们不过是无福消受母神的恩赐。"魏脘高声打断，"何况基因改造工程很快就会成功，胎儿将得到与生俱来的馈赠！"

"就算如此，死去的人会活过来么？"副祭祀走下神坛，"人类如果带着枷锁出生，离灭绝已经不远了。如果所有人都失去主动进食的能力，一旦万母之母放弃人类，谁能活下来？"

田月感到难以置信，痛心疾首地说："身为教长，你怎能以如此险恶的用心揣度母神？"

"你可知人类现在吃的都是什么？"

"自然是母神提炼出的有机物。"

副祭祀怒道："你们都在吃人！"

魏脘冷笑一声："此事谁人不知，又有何不可？我们的身体是万灵的告解室，这不就是万母之母示下的教义？物资如此匮乏，难道不该物尽其用？"

"文明种族不该像食尸鬼一样过活！"副祭祀怒其不争，"就因为万母之母在饲料里加入了信息素，让你们这些愚者像工蜂对蜂后一样忠心耿耿。任它肆意生长，万母之母最终会消化整个地球！"

"你说得够多了。"魏脘冲上前去，还没来得及出手，就被副祭祀空手制服。

副祭祀将魏脘压制在地，反手将笞杖刺入其心脏，厉声说道："革命总有牺牲者。"

田月自知远非副祭祀对手，几乎握不住武器，颤声问道："你到底想做什么？"

"切断连接，断绝信息素影响，让所有人知道真相。摘除枷锁，用我们自己的口舌进食，培育新作物和我们的下一代，重拾人类的尊严和未来。"副祭祀伸出手来，仿佛在邀请她共同完成这个伟大的使命，"多少人付出生命换来的的机会，我绝对不能让他们白白死去，火种将席卷整片大地。"

"摘除枷锁？没有胃我们怎么活？"

"只要毁去所有母体，人类就能得到解脱。"

田月不知所措，也不敢动摇。副祭祀所言太过远大，让她根本无法想象。此时她的腹腔内传来母神的旨意："杀了他，从叛徒的魔爪中解救母亲！"

她觉得自己的羸弱之躯被两股势力拉扯着，几乎被生生撕开。她跪坐在地，体内的声音不住地催逼，但与往日不同，母神的惯用伎俩并未全部施展，换作平时，它早就以剧痛逼田月就范。而此时，它的声音渐渐消退，田月甚至感觉不到它的存在。

没有一个高高在上的声音在体内终日训诫，这是何等的宁静？

5

副祭祀终于将新研制的药剂全数注入祭坛，获取了对母神的完全控制，切断了母神与人体的连接。

"你还有另一种选择,离开这里,权当一名看客,"副祭祀为田月指明方向,"等到母体覆灭,所有人将改造回原始的样子,这一天很快就会到来。"

田月失魂落魄,感到一阵久违的饥饿。如果还与万母之母相连,它一定会提示她饱腹感已经清零。可此时的万母之母陷入死寂,仿佛一具活棺材,一大坨死去的腐肉。

幽门外是一片高地。极目远眺,夜色携繁星扑向大地,城中多处燃起火光,起义拉开帷幕。

6

后来的事态发展只能在教会的机密卷轴上看到。

副祭祀的支持者只占少数,大部分信众仍不愿脱离母神。历经百年,没人想再农耕畜牧,更没人愿意摘除身体的一部分,即使这一器官蛰伏在他们体内,时刻准备杀死不忠诚的叛徒。

起义很快遭到了镇压。由于食料供应中断，幸存者不得不分食义军的尸体。因为牙齿已经退化，咀嚼的过程极其艰难，久未使用的食道狭窄而干涩，生肉着实难以下咽。这一过程让信众更加坚定信念，绝不能过回茹毛饮血的原始生活。

　　之后母神的拥趸找到了那片种植小麦的试验田。短暂交换意见后，所有人都认定眼前的植物是诱人叛教、动摇母神根基的毒草，其危害远大于已禁绝的罂粟，于是一把火将麦田烧了个干净。麦秆引燃的火焰冲天而起，印红了半边天幕，声势比起义时的战火还要浩大。

　　作为这次事变的亲历者，田月被判定缺乏对母神的忠诚，和剩余的起义军一起作为催化剂被投入母神体内，像一颗缓解病症的胃药，为伟大事业做出了应有的贡献。本次事件最终被定性为白眼狼咬了它慈悲的主人。这在历史上时有发生。

　　可历史也因此改变。万母之母历经劫难完成迭代，进化出全新器官，尝试完全代替人类的生殖系统，以做到名副其实。田月某种程度上是幸运的，她不必经历这一演变的过程。

那矗立在大地上的通天神棒象征着永恒的安宁。

# 观察报告 13

# 脑洞主义

## 青年失落时代

据分属于第三旋臂 DEB5C3 恒星系 661006 区域 1331378 位置的 0066 观察站报告，又一个文明毁灭，以下是对其中一个精神体活动的观察报告，已翻译为人类语版本。

"我们的世界一直是祥和的，那矗立在大地上的通天神棒象征着永恒的安宁。"这是古籍中的记载，也是我们的信仰。

按照古籍记载，在每个时间颗粒中我们都会举行盛大的祭典以安抚世界之灵。可就在某一个时间块，神棒突然开始摇动，与之同样动摇的还有我们的信仰。

古籍有言："世界是由液态的泛黄色的泥土组成的"。这是客观真理。在孕育生命的泥土上，我们构建了我们的文明，并形成了自己的理论体系。从古至今，不知有多少学者都称我们的体系是如何完美无瑕，这一切也符合古籍中的预言与告诫，至少在这个时间块之前，我们的体系还是自洽的。

通天神棒开始晃动了。它沿顺时针方向开始搅动脚下的大地。我从未体会过如此的颠簸，忽上忽下，忽左忽右，几次沉浮一度让我飘离了所在的密度区（该生命对外界环境的密度非常敏感，只能生活在密度比较固定的区域里）。此时，我感到有些难受，便命令核心，遵从古籍指导分泌出信息因子，让我的器官改变我的外膜结构。

大地继续倾斜，如卷起的旋涡。神学家们正在激烈地争论古籍中是否暗示着今日的异变，新兴学者们在震惊之余，努力提出各种假说，使其可以融入我们的理论体系，其改动之大，若前世的那些学者能活到今天，他们应该也会羞愧地自我水解。

最后，神学家和学者们互相妥协，提出了一些新的理论模型。他们认为只要族人齐心协力，合成一种新的蛋白质并按照特定规律连成一片，就能阻止末日的到来。

于是恢宏的救世工程开始了，所有人都动用着自己全部的能量，疯狂地压榨着线粒体。化学因子在彼此间游弋，开动着全身的细胞器，或是复制自我，或是生产蛋白，亦或是使我们细胞膜外的特殊蛋白质紧密相连，从而附着在世界壁上。

根据祖先留下的预言，我们可以以血肉之躯减缓甚至是阻止神棒继续震荡，重回安宁。所有个体都放弃了自我，成为集体的一分子。历史上任何一个政治家都没有想到，当所有人的生命都受到了威胁，独裁集权竟会这么容易。

我们齐心协力，众志成城，我们就要成功了。因为，那伟大的血肉长城已经建立，接下来就是等待学者们的模型验证成功了。

不知过了多少个时间微粒，神棒的速度渐渐慢了下来，所有的个体都在欢呼，学者们已被推崇为英雄，将留名古籍。

可是，不知为什么，神棒不但没有停下来，反而开始反向加速，而且速度越来越快。土地倾斜得更恐怖了，并以旋涡状浮现出来，从底部开始慢慢露出一个深不见底的洞，看来终究是要终结了。

直到最后时刻，学者们还在争执到底是谁的模型出了问题，是否是方程的解出了错，是否需要提出新的假说来验证……但是这些都不重要了，因为我们的文明就要消失了。

　　神棒似乎已经不存在了，世界开始渐渐升温，继而沸腾。神学家和学者们终于停止了争吵，在最后的时刻静观这末世之景。一股从未有过的骚动从我的身体里涌现出来，血肉长城也因大量热运动而开始无规律振动，我生活过的数十个时间块温度都是恒定的，我从未有过这样的感受。此时，海量的信息涌入内核，血肉长城开始集体改变结构。我们从古籍中找出了应对升温的方法，分泌出新的蛋白质试图做最后的抗争……

　　呃啊！我的外膜，破裂了……

　　观察结束，已确认该文明毁灭，目标个体直径约3纳米，区分特征数据已自动存档于数据库。

　　另：根据新指示，在该文明毁灭后60秒内检测到含信息的振动，已一并记录，信息内容如下：

　　"亲爱的，豆浆磨好了，趁热喝了吧！"

我该拿什么来养育你,我的孩子。

爱丽丝

14

## 脑洞主义

### 青年失落时代

1

我的孩子，我该拿什么来养育你？

2

我是一个特殊的孩子，从小我的母亲就这么跟我说。

我们这群孩子，社会工种名录称我们为"特殊语种工作者"；老师管我们叫"我的小语言天才们"；我们的工牌上写着"工程师（生,特）"；我们的工作室门口写着"实验重地，闲人免进"；在邻居和朋友们的口中我们是"那个被国家花钱养着画猫画狗画小虫的"。在那个不幸事件发生后，我们存在于政府的机密文件里，被称为"基因书写者"。

他们说，我们是这个科技背景下的特殊产物，应当感到荣幸。其他孩子从上学开始就被迫灌输了一堆从此以后再也用不上的所谓的"常识"。而我们，我们是"语言天才"，所以早早地脱离了寻常教育的窠臼，学习起了这个时代最先进最前沿的语言——DNA。

这门只有 A、G、T、C 四个字母的语言里蕴藏了大千世界里的所有秘密。历代科学家前赴后继，将其中的语法规律一点点挖掘出来，而我们从出生就站到了他们的肩膀上，赶在语言区块最敏感的年龄里，像学习母语一样学习 DNA 这门语言。而我作为第一个实验批次中的佼佼者，

## 14 爱丽丝

在六岁那年，趴在实验室的玩具屋里，用四个大得有些滑稽的玩具字母按钮在一个巨大的粉色屏幕上敲击出多个长句子，花了整整一周的时间，创造了一个微小的"奇迹"。实验室的工作人员根据这些句子，使用对应的脱氧核糖核苷酸拼凑出了 DNA 片段，帮它组装上组蛋白后，它在一个小鼠胚胎细胞的细胞核内自然地折叠、盘绕，形成染色体，随着胚胎细胞的分裂和增殖，这段孩子写出的遗传物质顺利地复制、转录甚至自我修复，最终成功培育出那只我用不熟练的中文向老师形容的老鼠："它有四只耳朵，都能听，而且还能晃来晃去。"我的母亲至今仍会拿这件事向其他孩子的妈妈炫耀。

那时我并不知道，同龄的孩子描画一只四耳老鼠只需要十分钟，因为没有人给我们分发水彩笔，使用那四个字母是我们绘画的唯一方式。不过乐观点儿想，纸上画的老鼠隔天就会被家长扔进废纸堆，而我的那只小鼠陪伴我度过了整整两年的时光。我仍旧记得，它因心力衰竭去世的那天，我是怀着怎样的悲痛与爱意将它葬在了研究院的后院。

十岁之前，我们学习的是 DNA 的通用语言规律。那时老师常常举着花草虫鱼和 DNA 片段的图片，动作夸张地向我们解释搭建 DNA 结构的基础要点。当然这个过程并没有诸位看客想象的那么复杂，老师们早早就发现了，当 DNA 作为语言成为我们的母语时，孩子依靠本能运用语言的能力是惊人的。

对那时的我们来说，学习 DNA 起始段的固定写法和学会见人打招呼说"你好"并没有太大的差别，我们甚至会满不在乎地把"你好"替换为"老师好""大家好"之类的句子。在外面的世界里，想必也没有人会认为一个突然蹦出一句"大家好"的孩子是天才之类的角色。

在尚未学习胚胎发育诱导的相关知识时，我就可以自然而然地将引导胚胎发育、控制分裂进程等内容写进句子里了。他们甚至不需要在培养环境中加入诱导细胞初次分裂的试剂，这让他们大为惊叹，因为在此之前，许多研究胚胎干细胞多年的专家连拼凑一段与细胞分裂相关的片段都做不到。但对我而言，这不过是将其他功能语句换了个词套用进来罢了。我们长大后才知道，若没有这样一次次微小的奇迹坚定他们的信念，这个培养计划可能早就流产了。

十岁后，我们开始重点学习人类DNA的书写方法，其中包括了更复杂的单词和语法，也逐渐加入了基础医学专业的一些课程，我们的课后作业由游戏般的玩乐项目逐渐变成更加严肃的专业训练。起初只是强制激活功能细胞中休眠基因之类的简单项目，到我们十四五岁时，我们就已经开始尝试"创造"出新的前所未有的人类干细胞了。这是千年来基因工程领域所不可想象的创举，对我们而言却像是在练习写作文，于是他们早早地将我们的学习重点逐渐转向基因工程的实践操作中。DNA片段被书写出来后，还需要一系列的人工操作帮助它们拼接、折叠、捆绑蛋白、再折叠，最终形成一个极其微小的压缩包送入细胞核内，这是我们为数不多完全依赖真正"母语"学习的功课，学起来反而棘手了很多。为了完成当天的作业，我们课下常常需要耗费大量的时间待在实验室，反复磨练操作精度。

在几近严苛的训练下，十八岁那年，我们全班都以优秀的成绩毕业了，并在特别为我们这群孩子设立的基因编写研究所入职。虽然那群老家伙在DNA这门语言上不如我们，但在筛选语言天分时看得倒是挺准的。我们将在这里用我们掌握的独特语言寻找疾病疗法、改善人类健康、保护珍稀物种，甚至在必要时，创造新生物。

一切都是如此顺利，如果我们没有参加那该死的入职培训就好了。

3

母亲第一眼看到她的儿子时是嫌恶的。

婴儿刚刚拼尽全力从母亲的产道中挣扎着爬出来，全身被挤得通红，在窒息中大费一番力气害得他的脸比身体充血得更加过分，几乎成了紫色。护士把他干瘪的身躯颠倒过来，不客气地拍打了他的屁股两下，空气涌入他的气道，用力地撑开全部肺泡。他体内无数个幼嫩的气球在一瞬间通通被充得饱满胀圆，他不自觉地发出喊叫，"痛啊，痛啊！"他想说，却只能喊叫，这让他感到绝望。

他被包裹起来放在母亲的怀里，他听见母亲嘟囔了一声"丑八怪"，而他却不明白这是什么意思。他只知道，在这里又能听见肚子里那个巨大水泵工作时有力的震动了，他感到熟悉，很快乐。

在之后的日子里，他对奶水有着近乎痴狂的渴望，胃部充盈的满足感与母亲乳头的凹凸、身上的气味还有温暖的触感连为一体，让他欲罢不能。每当母亲的胸脯递到他的嘴边，他便手舞足蹈，兴奋地用无牙的齿龈摩挲那块嫩肉，调动起所有用得上的口腔肌肉来吮吸和吞咽。

所以他干瘪的皮肤迅速地丰满了起来，多余的奶水储存在他的皮囊里，像丰收季节的蜜桃，轻轻一掐就要冒出水来。皮肤上红色、黄色、紫色各样古怪的色彩都被隐藏了，他被滋养得白嫩柔软，母亲无法再对这样一副身躯产生嫌恶，于是爱他，自愿地将身体奉献给他，他过得很满足。

但好景不长，母亲在他一周岁那天果断地为他断了奶，整整三天的时间，母亲避到了另一个房间里，按着世俗的设想为这短暂的分离痛哭流涕，留他独自一人与这个世界上的米汤和果泥对抗。

这是他人生的第一个挫折，身体深处的空洞和四周陌生的气味让他惊慌失措、号哭不止。对乳汁的渴望在他的肚腹里隆隆作响，几乎具象成为一只从内向外啃食他的巨兽，折磨得他夜不能寐。如此与之抗衡了三天后，他终于选择了向香蕉泥妥协，在令人眩晕的抽泣里找回了吞咽的快乐。

他发誓再也不会让这种快乐离开自己。

4

入职培训时，我们难得上了一堂历史课。

研究所的地下第三层，是一个不对外开放的博物馆，准确地说，是一间旧物仓库。除了正中央有一个顶天立地的浑浊玻璃柜十分抓人眼球外，都是些老旧的显微镜、粗糙的DNA模型、古早无菌柜之类的玩意儿，整整齐齐地封闭在玻璃盒子里。当中不少器具如今看来像儿童玩具似的，造型简单，功能粗浅，在巨大的仓库和挑高的房梁下，更显得可笑。讲解员说，我们必须原谅历史上人们的局限性，才能带着不偏不倚的眼光看待前人在迷雾中的跋涉。

说完，这位优秀的历史研究员带着我们从最不起眼的一个角落开始讲解，那里堆放着几个篮球大小的亚克力柜子，最古老的遗传学传说就陈放于其中。孟德尔遗留下的两粒豌豆种子、摩尔根手绘的果蝇图片和一只干瘪的果蝇尸体、用于化学分析的几款仪器、富兰克林拍摄的DNA的X射线衍射照片、沃森和克里克制作的多个初版DNA模型（甚至遭到富兰克林嘲笑的那几个也在列）。她绘声绘色地描绘着，人类在极不理想的技术条件下如何揭开生物性状随着繁殖留存于世的秘密。天哪，他们竟然依靠一些粗略的化学研究方法拼凑出了每个核苷酸的模样，在如今简直不可想象。但如此精彩的故事并不能将我们的目光从仓库正中央挪开，我一边竖着耳朵听她的讲解，一边不自觉地把头扭向相反的方向。

那是怎样的奇观！一个巨大的玻璃柜，这只玻璃柜足有四五十米长，高约十米，几乎占据了这个仓库一半的空间，逼得其他展览品不得不勉强挤在墙边列队摆放。透过柜子里浑浊的液体，隐约可以看见一只庞大的棕灰色动物躯体漂浮在其中，随着我们脚步带来的微震动，柜中的液体也携着它一起沉沉浮浮。

它是什么？它显然不是我们认知中的任何一种动物，海洋生物普遍没有它这样的肤色，它的体表似乎还有毛发，但在陆地上，什么样的生物能有机会生长成如此庞然大物呢？

我们在课堂练习中实验过类似的案例，一个颇有野心的同学编写了一只理论上有猛犸象三倍大小的动物。他不顾老师的劝阻，贸然将它的胚胎细胞丢进了培养箱，最终得到的那只可怜的小家伙尚未成年就夭折了。在一次快乐的户外活动中，它那幼稚脆弱的骨骼突然被体重压成了无数个碎片，可那时的它还仅仅是眼前这个巨物的十分之一大小。而这只动物的成长，显然需要依靠不少特殊的帮助，至于当时的人们是如何完成这样的壮举的，我想象不出来。

想知道这件巨物的谜底，我们只能耐心地等待。硕大的屋子里回响着讲解员冷静理智的声音，陪伴了我们十八年的班主任站在入口处暗暗地观察着我们的纪律情况，我们极力按捺住心脏的跳动，大气都不敢出。

终于，在拙劣的克隆动物、儿戏般的基因编辑技术 CRISPR 的影片和抽丝剥茧分析 DNA 片段的漫长旅程后，我们来到这个神秘的玻璃柜前。

讲解员摁下了玻璃柜的换水按钮，清澈、新鲜的保鲜剂替换了原有的浑汤，我们终于得以观看它的全貌。

虽然我们已经在内心对它身躯之庞大盘算了许久，但当它出现在我们眼前时，我们还是倒吸了好大一口气。

它的名字叫爱丽丝，外观似乎更接近于爬虫类动物。皮肤看似光滑，实际却布满了细小的鳞片。它有着适合攀爬的躯干和尾巴，嘴巴扁平，头呈三角形，眼睛位于头的两侧。天哪，它的眼睛！两个人站进去把它当水上步行球玩都没问题。它的四只脚掌几乎直接连接在躯干上，趾的末端有爪。但根据讲解员的介绍，它确确实实是一只哺乳类动物。在它胚胎时期住过的培养液中，研究员们捡拾到了瓜熟蒂落后留下的胎盘。我们顺着她手指的地方看去，在玻璃柜的另一头放着一只相比起来极不起眼的胎盘标本，我们好奇地围拢过去，看见了一张过年团圆时供全家围坐的饭桌，这是它的胎盘经过彻底脱水后的模样。讲解员介绍道，胎盘在脱水前约有目前的两倍大，当时的实验员叫来了一整支专业潜水队，用钢缆挂住胎盘的四角，才把它从泳池一般的培育池里捞出来，说完她用讲解杖点了点胎盘边缘的小孔。

它的培育项目是绝对机密。在大部分动植物的 DNA 编码规律被破解之后，为了证明破解信息的实用性，当时的负责人决定，组织一系列改造或重新编写生物 DNA 的计划，好为下一步人体 DNA 破解后的应用做准备。

爱丽丝就是这些计划中最疯狂的一个。他们试图实验出哺乳动物生长的最大可能，于是编写出了这样一个怪物，它对营养物质的利用率极高，生长速度快，体型有可能将无限增大。在它正式出生后不久，它的骨骼便无法承受体重了，多个部位出现了轻微的骨裂。于是，他们为了排除重力的限制，用高强度的混金材料为它锻造了一层人工的外骨骼，等它生长超过了外骨骼的大小，坚实的皮肤就会撑开外骨骼，蜕皮一般将人造外壳脱去。这个过程大约需要两至三天，足够人们为它锻造一层新的骨骼。就这样，它花费了两年的时间，耗费了 78 层外壳，成为了今天的这副模样，从此它便停止了生长。显然，"体型无限增大"的计划失败了，人们对它的兴趣也日渐减小，连它的直接管理员也一个个被调离了岗位。最终，在一个阳光明媚的下午，爱丽丝在自己生活了一辈子的小院子里仰头看了一眼太阳，然后轰然倒地。年久失修的外骨骼上出现了裂隙，终于没能支撑住它的身体。在短暂的哀悼仪式后，它作为珍贵的实验材料保存至今。

可能是因为它的存在颠覆了我对生物的全部想象，也可能是它有着四个听觉器官和细软的毛发让我回想起当初那只早亡的老鼠，我被这个故事和这具躯体彻底地迷住了。它那短暂而又波澜壮阔的一生深深地撼动了我的心灵，我冒昧地向讲解员提出提取一些它的细胞进行 DNA 分析，她慷慨地从玻璃柜下的隐藏抽屉里拿出几只瓶子分发给我们，那是她从换下的废水里捞出的一些脱落的表皮。"我猜，总有一天，会有人再对它提起兴趣。"

她猜得没错,当天晚上,我在实验室里待了个通宵,仔细阅读了它的DNA中一些重点片段,读完后怒不可遏。

这样一具美丽的生物,DNA竟是如此荒诞和丑陋!那群没用的研究员们用着粗浅的知识,东拼西凑,甚至直接盗用了大象DNA中诱导胚胎发育的片段,害它在发育中长出了与身体结构完全不搭的脚掌。我几乎能想象出它行走时与生俱来的不适,而关于骨骼承重力的问题,那群蠢货竟误打误撞写出了一段调整身体对钙及蛋白质利用方式的玩意儿。本该可以大大增强它的骨骼强度,却没有给这段基因书写激活的时机。从理论上来说,对这段文字略经修改,就能让它轻松地承担起自己的体重,不再需要人造外壳帮助它。

不知不觉,早班铃声响起,我一拍桌子,冲到工作组组长的办公室,将一份立项报告丢在他的桌子上。我要改写它的DNA,让一个更完美的爱丽丝重生在地球上。我要的经费与隔壁那个整天要换显微镜的家伙比起来完全不是一个数量级,而且还能二次利用当初培育爱丽丝建起来的种种大型设施,组长慷慨地帮我推去了手头的其他工作,好让我全身心地投入到这个改造项目中。

5

所有人都说,从未见过像他那样爱吃的孩子。

他把握住一切时机,把眼前可以吃的东西塞进自己的嘴巴里,同学们开始有意识地避开他,生怕自己的课间零食落入他的嘴巴里。邻居家从不欢迎他去串门玩耍,连老师都开始向他的母亲抱怨,因为其他班老师的办公桌里有两块糖也会被他偷去吃掉。

母亲羞愧难当,她不能叫他不吃,在家中她甚至会摁住丈夫的筷子,好让他能多吃两口。因为他的体型仿佛被诅咒了一般,始终瘦削得可怕,脱下上衣来肋骨根根分明。所以她只能惭愧地哭着,卑微地向每个来她面前投诉的人反复道歉。暗地里,有时她会偷偷反思,自己的奶水里是

脑洞主义 青年失落时代

不是有毒,让当初那样一个白胖的孩子长成今天这副模样。

他知道自己的行径是不受人欢迎的,但当初断奶的痛苦似乎刻进了他的骨子里。他感觉非常饿,嘴巴里似乎藏着一个无底洞,不管什么食物掉进去都只能得到一瞬间的满足,但紧接着,还是饿。饥饿伸进他的喉咙紧紧地抓住他的胃,粗暴地扯动着他的肠道,扯得他连同后脑勺都隐隐作痛。这种可怕的感觉拎着他的手伸向所有可及的食物,他却饿得无力反抗。

所幸,他在学校里的日子不长,职高毕业后就进了一家电子厂,每天与金属配件打交道,还可以回家用餐,母亲十分满足于现状。他的食欲终于被隐藏在自己的怀里,再也不会有人向她投诉食物被偷的事情了,她道歉时撕下的一层层脸面重新长了回来。于是她每天提着两只菜篮,昂首挺胸地走进菜场采购食物,再顺路去菜园里割一把新鲜的蔬菜,这大概是她一生中最幸福的时光。

但好景不长,在他上班的路上,新开了一家面包店。

母亲晚了一步知道这个消息,没能成功帮她的孩子换一条更荒芜的上班路线。于是在新店开业的第二天,他在上班路上做出了震惊全镇的壮举,那些赶早班的人、送孩子上学的人、洒扫街面的人,眼睁睁地看着一个瘦小、两颊干瘪的男子一拳敲碎了玻璃橱窗,大口大口咀嚼起新鲜出炉热气腾腾的面包。店员们都被眼前的景象震惊了,直到他吞咽了三条吐司和两大篮来不及上架的热狗面包后,才想起来拨打报警电话。

人群中有起哄的:"我来买单!叫他吃!看他能吃多少!"

有热心的:"小伙子喝口水吧,别噎着了。"

也有人脉广的:"我认得他妈,我来给她打电话。"

在他几乎吃光了全店的甜点后,他的母亲和警察才匆匆赶到。起哄者摆下一摞现金:"小伙子,大有可为。"在警察的协调下,母亲赔偿了修补玻璃的费用,由于他并没给店面造成更严重的损失,便仍由他的母亲带回家好好教养。

"我的脸可算是丢光了。"回到家后,母亲手里仍紧紧攥着菜篮忘了放下,他垂手立在门框边,低头不语。

"要不,你滚吧,我给你一笔分家费,也是时候了。"

他仍站着,一句话也不说。

"今天我菜也不买了,去了菜场我的脊梁骨非得被人戳烂了不可。想吃饭,就分家。"

他抬起头,可怜巴巴地说:"妈妈,我饿了。"

6

我每天都去地下室,探访一次我的老朋友爱丽丝,这是我最幸福的一段工作经历。

我精心打磨了那些东拼西凑、不成体系的 DNA 片段,更大的口腔容量和更高效的能量代谢模式为它的进食效率和营养利用率又增加了一层助力。随后我又修改了它的四肢形态,通过不断调整建模和模拟运动形态,我终于为它找到了最合适的四足。通过这些调整,它的生长也会更加顺利、更加迅速,因为我借鉴了沙漠植物落地即能生根发叶的一些想法,删去了动物需要季节或气候节律调节生长的许多障碍。最后,我激活了那群不中用的人写的骨骼改造基因,它将健康安全地一路成长为地下室的那个模样。

每天我都抱着对这只新生物的期望和未成形的爱意工作着。

对这只全新的生物,我决定继续称它为"爱丽丝"。

我眼看着爱丽丝从一颗细胞分裂成两颗、四颗,最后像葡萄串一样。我把它种进了培养池,它很争气,按照我的设计一天天长大。我常常像个精神失常的母亲一般,充满爱意地抚摸着培养池的玻璃墙,希望它能感受到我手心细小血管的跳动。

经过漫长的等待,我的爱丽丝终于从人造羊水膜中破出。它婴儿般的皮肤让我爱不释手,于是我夜夜窝在它的怀里酣然入梦,因为再过两个月的时间它就会长出鳞片，变得皮糙肉厚，像成年动物那样。

果然，在我的近乎完美的设计下，爱丽丝吃特质饲料的影像堪称艺术品。瞧它那完美的下颚坚定而又灵活地运动着，尖利的钢铁般的牙齿把所有纤维切得粉碎。每当它进食时，那条极具威慑力的褐色尾巴以可爱的盘曲姿态微微颤动，我知道，这是它对食物的兴奋感最具像的表达。

它的生长速度更是惊人，以五十厘米/天的速度迅速生长。在它出生后的第一百天，便已长到了老爱丽丝的大小，但它并没有停止生长，而是以越来越快的速度肆无忌惮地继续生长。我并未对它DNA中无限增长的内容进行修改，因为我想那些不靠谱的梦想家大概率写出的是一段压根实现不了的代码。但如今看来，可能是由于它骨骼承重能力的上升，又可能是其他部分的改动影响了这段基因，它似乎确实要无限制地长大了。

它是个敏感的孩子，即便我极力压制住内心的不安，它仍然在我给它量长度和身高时感受到了我情绪的波动，常常小心翼翼地蜷缩住尾巴试图让自己看起来生长得慢一些。

第一百五十天，它长到了老爱丽丝身长的两倍。

当年为爱丽丝修建的饲养园已经快装不下它了，它现在想在园子里踱步都成了件难事。于是我向上级领导报告了这件事，申请扩大园子。他是个通情达理的人，实验中出现一些计划外的情况是司空见惯的，在他仔细审阅了我的报告和日常记录后，批准了我的申请，同时要求我减少喂食，以尽量减缓它无限制生长的速度。

我可怜的孩子，现在它拥有了足够奔跑和跳跃的园子，却被饥饿夺去了力气。我一点点减少它的食物，直到饭量减半，它才终于停止了生长。

这段时光对我们两个而言都痛苦万分，看着它起初因为饥饿而躁动、无法入眠、肌肉反反复复地抽搐，随后是绝望的呼喊，停止了一切运动，坐在地上仰头朝着我进门的方向，一遍又一遍地呼喊，到最后连呼喊也停止了，咀嚼食物也越来越缓慢，渐渐地失去了那迷人的力道。可是，每天清晨，我为它添加饲料时，它仍会挣扎着，像往常一样主动把鼻头凑到我的跟前，等待我爬上梯子抚摸它的鼻尖。感受到它的生命力在我的手掌下一天天地流逝，我的泪水混进了它的饲料里。它却对此一无所知。

我创造的不是一只庞大的完美生物，而是一只不生长就会死亡的怪物。

## 7

"妈妈，我饿了。"

这句话似乎拨动了母亲身上的一个开关，她的眼睛在一瞬间变得血红，吓得他怔怔地向后退了一步。他想呼喊，却再也动弹不得，因为他眼睁睁地看着母亲从菜篮里抽出割菜的镰刀，照着大腿狠狠地挖下一块拳头大小的肉来，一把捏住他的下巴，把肉强行塞进他的嘴巴里，然后使出最后的力气将他一把推出去，关在了门外。

在昏暗潮湿的回廊里，他无助地呜咽着，母亲的血液顺着他的嘴角向下淌，淌过他的脖颈、胸膛和大腿，他顾不得擦拭，只知道慌乱地咀嚼和吞咽着。饥饿头一次对他显出了一丝仁慈，他的喉咙在粗暴地蠕动和膨胀感中获得了满足，这满足如此强烈，叫他不得不抬起手来，叩响了眼前黑洞洞的铁门。

## 8

我没有脸面再去见它，作为它唯一信任的饲养者，我背叛了它。我改用自动喂食器投喂食物,通过监控观察它的反应,将自己当作一名冷漠的失了人性的实验者,勉强维持着它所剩无几的生命。

我没有想到的是,它在这么多天的冷静中,找到了监控的位置。

在一个阳光明媚的下午,它对园子内的八个监控发起了攻击。先是用强力的怒吼朝着摄像头呼唤我,接着,不知它哪来的力气,蹦跳起身体用脑袋击碎了每个闪着红点的机器。

我举起只有它能听见的高频喇叭匆忙地冲进了园子,"你爱我,并且想念我",除此以外,大脑一片空白。

它旋即扭过头来,停止了自己的暴行,把脑袋轻轻地放在离我二十米远的位置,等待我一步一步走向它。

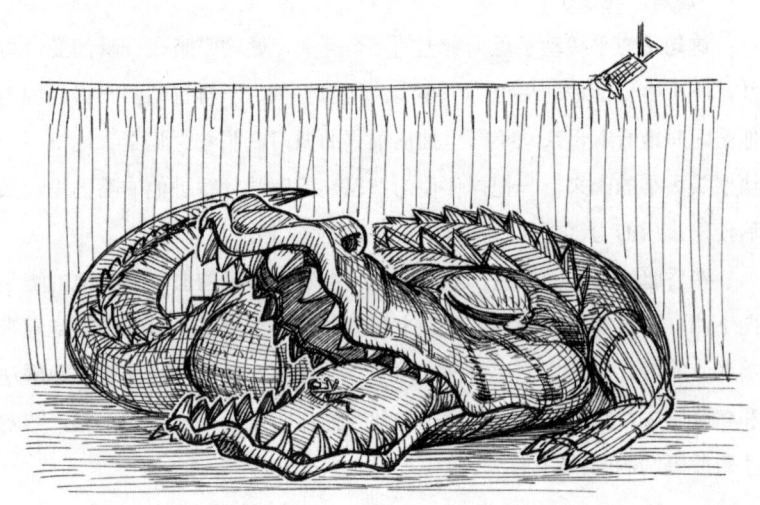

我踮脚摸了摸它的鼻尖,我们的故事似乎要走向一个必然的终结。它巨大的泪滴盛在眼眶中迟迟不肯落下,乖巧地张开了那张由我精心设计的嘴巴,我走进它宽阔硕大的口腔里,以婴儿蜷缩的姿势躺在它的舌头上,黑暗降临,温暖的气流席卷全身。

9

我该拿什么来养育你,我的孩子。

10

我该拿什么来养育你,我的爱丽丝。

他是全星球唯一的S级居民，是奶油人中权限最高的特殊存在。

奶油万岁

15

脑洞主义

青年失落时代

楔子　奶油历-5年

"登陆后第4次录音，我已离舱。FY2-049星球表面被形似奶油的土壤所覆盖，推测与之前取样标本一致。"

"第8次录音，我已前行超过百米，未见异常。等等，发现生命体！"

罗杰注意到一只体态似猫的未知生物伏在地上，正舔舐着沾满奶油的爪子。它双目圆亮，口鼻小巧，很符合地球审美。

"小家伙，你可是我在太空探索以来接触过的唯一高级生命体。"罗杰缓缓伸出左臂，右手却谨慎地扣在腰间的武器上。

那"猫"静立不动。罗杰的手很快触上了它的后脖颈，轻抚着渐渐转移到它的下巴处。它主动将头一歪，还发出了满意的呼噜声。

但下一刻，两只猫耳骤然裂开，从其中弹出两只节肢前足，以迅雷不及掩耳之势锁住了宇航员的手腕。同时猫口暴射出一条密布细齿的触手，直接戳向罗杰的脸！

1　奶油历-19年

"不要装作在卧室里学习，我知道你正藏在沙发和柜子中间。"母亲的呵斥声吓得罗杰一哆嗦。他讷讷地钻出来，紧攥着小拳头，低头不语。

"我说过很多次了,不许偷看电视,不然……"

"会看坏眼睛,而成为宇航员需要良好的视力。我都记住了,妈妈!"罗杰的眼神由坚定转为躲闪,"可是……"

"可是接下来的新闻很重要,对吧?"母亲的声音忽然柔和了起来,"今天破例,你可以趴在沙发上听听,也可以看上几眼,但不许一直盯着投屏看个没完!"

"是!"少年喜出望外。

母亲隔空点了几下,将投屏的内容切换到新闻频道,又望了望聚精会神的儿子,不由得摇头苦笑,心想:"他才十三岁,明明是贪玩的年纪。我宁可他和其他男孩子一样去打打篮球。"

新闻的前奏曲传入了少年的耳朵,令他的血液沸腾了起来。他一瞬间就将刚刚承诺的"看上几眼"忘在了脑后。

"近日由于粮食涨价引起的抗议活动仍在持续,马德里市几乎陷入瘫痪。驻欧盟西班牙州记者报道。"

罗杰皱起了眉头,努力消化着自己不太理解的信息。

"能源短缺引发的大规模停电已经对曼谷造成了难以估量的损失。驻东南亚盟泰州记者报道。"

"妈妈,为什么会停电呢?"罗杰提问道。

母亲温柔地笑着说:"因为地球上的能源已经不足以支持一百零八亿人口的生存需求了。所以才要……"

"嘘!来了!"罗杰突然要求母亲静下来。

"由联合国主持的 PC-250 型星际穿越舰研发项目已经正式宣布完工。预计将在半年内进行试射,五年内投入量产。届时人类将正式进入星际探索的大宇宙时代。"

少年眼睛放光,嘴角向上翘起。

"大宇宙时代!"

他不经意松开了手掌,一个小小的宇航员模型玩具从中掉落下来,滚了一圈后顽强地立在了地板上。

## 2 奶油历 14 年

清晨，沉浸在奶油香气中的罗杰斯准时醒来。他望了望床头的宝贝小盒，预感到这一天将会和现在的每一天一样美好。

罗杰斯和其他奶油人同胞一样生活极其规律，坚持按时睡眠以维系生存所需。摄入营养方面同样要严格参照标准，眼前约 400 克的奶油碳水砖足以保证他们半天工作的热量消耗。

他狼吞虎咽地完成了进食，快速解决了日常清洁后走出了家门，操作速度符合主脑告诉他的结论——不应把太多时间浪费在机械的日常琐事上。

如果说这一天与往日有什么不同，大概就是罗杰斯比平时更快了一点，而邻居穆立波和艾莉阿恰好晚了一小会儿，导致三人在门前产生了本不应出现的邂逅。

"您好。"出于对奶油人同胞的热情和礼貌，罗杰斯向两位邻居打了招呼，"愿今日是奶油高产的一天。"

"这需要我们每个奶油人的努力。"穆立波微笑道，"我会在矿井下努力工作，争取产出更多高质量矿石。"

原来穆立波先生也是矿工。哦不，只有社会地位相对低下的 C 级和 D 级居民才会从事体力劳动，作为 B 级居民的他大概是矿业主管。

罗杰斯不由得想起另一位矿业工作者，D 级居民老唐路德，他上班时间更早，本不会与自己产生交集。二人是通过一次工伤事故相识的。

矿工是最常见的职业，据主脑统计，在这颗星球上有 77.4% 的人口从事矿业劳动，他们产出的浓缩奶油矿石可用于加工各类奶油制品，这包括他们刚刚食用的奶油碳水砖。

"赞美奶油！"罗杰斯回以微笑。通常来说邻里寒暄到此就可以结束了，但这次他鬼使神差地转向艾莉阿开口道："作为少见的 A 级居民，您是从事什么行业的？"

艾莉阿略带迷惑地瞪大了眼，但也诚实地答道："生态专员，主要负责保护动物。像奶油猫、奶油蝎、奶油章鱼都属于我的保护范围。"

"这听起来很了不起。"罗杰斯由衷赞美道，"我恰好认识一位您的同行，不过他的工作就无趣多了，主要负责微生物的保护。我可不想听他讲细菌与奶油培养皿的故事。"

"我的研究有趣得多，奶油猫和奶油蝎之间的杂交项目已经进展到了关键阶段。"艾莉阿说着，嘴角高高扬起。

这听起来有些恶心。罗杰斯隐藏好自己真实的想法，作诚恳状点了点头："棒极了！"

"千万不要聊她的杂交项目。我就非常讨厌长着节肢器官的猫，听起来就非常……"穆立波厌恶的神色突然凝固在脸上，他严肃起来，将左臂高举过头，然后又说了一句："奶油万岁！"

"奶油万岁！"罗杰斯和艾莉阿立即附和道。罗杰斯多少有些介意对话的中断，貌似同类们会在表达一些负面情绪时突然高喊起口号，他姑且将其解释为奶油人独有的精神上的自律。

上岗前的愉快交谈到此为止了，罗杰斯很快回到了熟悉的岗位上。

主脑基地，整颗星球的运算核心，一切行政管理决策都出于此。罗杰斯并不清楚自己何德何能被抽调来承担主脑管理的职责，事实上主脑完全有能力操控机械完成日常的自我维护和检修，需要他亲手处理的问题相当少。

所以他在多数情况下，只是在主脑旁无所事事地坐上半天，甚至还能公器私用通过主脑查询资料。相比于每日有四分之三的时间在劳作的老唐路德和三分之二时间用于工作的穆立波来说，只需瞪眼盯着设备的他的工作相当轻松，几乎远离了任何烦恼。

也许正因为压力小，罗杰斯总是将思绪放飞得很远，有时他都在怀疑自己是这颗星球上最幸福的奶油人，有时也在为自己微不足道的劳作而感到惭愧和惶恐。

有时他会想起一只颤抖的残手。努力将那只手藏在背后的老唐路德开始试着用另外一只手在工伤协议上签下名字，只为换取几份口感略好于碳水砖的肉类食品。

有时他会幻想平行宇宙中或许存在许多个不同的自己。有的不吃奶油碳水砖、不管理主脑，有的如老唐路德般勤恳劳作，有的则自由地遨游太空。

### 3  奶油历-10年

罗杰觉得没什么比自由地遨游太空更棒的了。

这是他如愿成为星际穿越舰驾驶员的第一天，但在太空中以超光速航行很难用地球计法来记录时间，所以他并不确定此时地球上已经过了多久。

通信也异常艰难，地球需要很长时间才能反馈他发出的信息，且这一间隔还会随着远离母星的距离而变得更长。

"离巢的雏鹰"，他不由得想到这样的比喻。自己是稚嫩的，也是幸运的、自由的。

尽管有心理学家指出长期单人飞行不利于宇航员的心理健康，但考虑到两个成人生活所需的物资会占用巨大空间，PC-250型星际穿越舰还是被设计为单人操控。其实大部分信息采集、分析和操作都由AI完成，宇航员的驾驶任务就极为轻松了。

"没必要给AI起名吧？"罗杰在起飞后第一次感到惊讶。

电子音机械地陈述道："心理学家指出，起名可以增进情感羁绊，有利于宇航员保持良好的精神状态。"

"你是我接下来一段时间里最忠诚的朋友，甚至可以说是伴侣，就好像那电影里的忠犬……几公来着？洪七公？不想那么多了，我就叫你洪七公吧!"

可惜不会接梗的 AI 无法理解他的幽默感:"好的,我的名字是洪七公了,请多关照。"

接着罗杰开始清点物资,确定储物柜里堆满了大大小小的箱子,包括食物、水、药品和其他生活必需品。这些物资足以维持单人六个多月的生存需求。

但他的任务可能远超六个月,甚至超过六年、六十年。

罗杰打开了休眠舱,准备进入沉睡。一旦发现有考察意义的行星,洪七公就会唤醒他。

有时他会忍不住想象洪七公出现故障的后果。被 AI 遗忘的主人将永远被封禁在这一方小小的空间中,像一座坟墓,静默地飞向黑暗的宇宙尽头。

但罗杰天生乐观,他对此次星际航行充满了信心,这是极富意义的探索,是命中注定的邂逅。未来的他必将与哥伦布和麦哲伦齐名,成为人类史上最知名的探索者。

### 4 奶油历 15 年

不知不觉又到了下班的时间,神游天外的罗杰斯伸了个懒腰,顺势起立对主脑鞠躬致敬。

"赞美奶油!"

"作为整颗星球实际上的管理者,我可以认为你在赞美我。不必客气,我的老朋友。"主脑颇有幽默感地回答。罗杰斯从未觉得自己应该被一台机器称为"老朋友",但主脑常这样叫,他便习以为常,只当这是程序中的一部分。

走出主脑基地,他察觉到空气有些浑浊,四周隐隐泛出了乳黄的奶油色。可见度变得很低,以至于迎面走来的路人险些撞到他身上。

"罗杰斯先生,愿您的生活充满奶油。"来者又惊又喜,"您还记得我吗？我是唐路德。"

"哦，是你。"罗杰斯有些纳闷地问，"你是D级居民，这么早就下班了？"

"连续满勤了八十一天，换来了一次半日休。"唐路德有些骄傲地微笑，顺势吞了口唾沫，"上次工伤换来的食品配额还没用完，我打算利用这次休假好好品尝一下。晚上至少要吃上五片，哦不，四片！"

他晃了晃手中的整块鲜肉。罗杰斯分辨不出那是什么肉，只觉得他少了两根指头的手分外刺眼。

他不想继续这个话题，便问道："这天气是怎么回事？"

"奶油粉尘泄露吧，咳，咳。"老唐路德咳嗽了几声，"泄露总是发生在中午，这个时间段您在主脑基地办公，所以才没遇到过。"

奶油粉尘泄露事故？罗杰斯迅速在脑海中回忆起主脑提供的相关资料。呼吸道感染、血液中毒、窒息、爆炸等词汇一个个从脑海中冒出来。

他立即严肃起来："这可不是说着玩的，应该作为重大安全隐患录入主脑。"

"只有您这样的高级居民才会在乎安全。"老唐路德失礼地耸了耸肩，"没有奶油人会在乎我们C级和D级居民是否安全，主脑更不会在乎。这就是……"

他的面容瞬间僵硬并收敛起来，随后将左臂高举过头喊道："奶油万岁！"

"奶油万岁！"罗杰斯按习惯跟着喊道，内心愈加觉得奇怪。但无论如何，他清楚自己现在必须立即离开这一带。实际上他的眼睛已经感到了轻微的刺痛，咽喉也产生了灼烧感。

"信息录入的事情再议，先离开这里！"他架起唐路德的胳膊，拖着他快步离开。

"先生，这真的不算什么。我只是稍稍感到有些胸闷气喘、脸颊发热，充其量就是个小感冒。"老唐路德挣扎着强笑道，"这次粉尘泄露量只是比平时稍微多了一点儿，矿工早就司空见惯了。"

"是吗？"罗杰斯顺手摸了摸他的额头，烫得吓人。

这哪里是小感冒？简直够把脑子烤糊了！

他加快了移动的脚步。

"先生，这真的没什么。我工伤的那次住了两天院，只两天，同病房的七个奶油人就只剩下了四个，他们都是矿工。"

他的脚步忽然顿了一下。罗杰斯想称赞对方的乐观，却怎么都张不开嘴。

"前年矿洞坍塌，我活了下来，已经觉得很幸运了。刚刚还在谈笑风生的工友，一眨眼就被埋进了奶油深处。"

罗杰斯觉得嗓子愈加干燥，都怪这该死的粉尘。

"还有个傻家伙，因为打瞌睡一头栽进了炼化炉，他终于能睡个够了。"

睡眠不足原来会酿成这样的悲剧吗？罗杰斯想自己无论如何也该说点什么，可一张嘴却发出了哽咽的声音。他忽然意识到自己流泪了。

"我们这种 D 级居民只是毫无价值的杂草，一批批被割掉，又一批批生出来。嗝，嗝！"唐路德的肺部发出了拉风箱般的喘息声，接着爆发出一阵剧烈的咳嗽。

罗杰斯忽然感到自己被一股大力推开，那气力之大简直不像是从老唐路德这样一个孱弱的人身上涌现出的。

罗杰斯被推得踉踉跄跄，回头一看，原来老唐路德在剧烈咳嗽中甩丢了珍贵的生肉。

"我的肉，用手指换来的。"唐路德目露贪婪之光。罗杰斯确定他已经被烧糊涂了，可他又仿佛异常清醒，仿佛预感到什么，非要品尝一口那肉不可。

唐路德飞身扑向自己心心念念的美食，但在手掌刚刚触碰到肉的瞬间，他脚下的地面猛然裂开，一股强烈的火光如喷泉般升腾而起，发出了雷霆般的巨响。

那一刻,罗杰斯隐约看到老唐路德高举着肉块,像是想用血肉之躯保护世界上最珍贵的事物。但那瘦弱的身躯立即被冲天的火光吞没了。

粉尘爆炸带来的剧震将罗杰斯带倒在地,灰尘、泥土、碎石、奶油块在余波中漫天飞舞,溅了他一身。

突如其来的变故令罗杰斯陷入了呆滞,好半天才爬起身来。他茫然四顾,直到目光渐渐聚焦到地上某处时,才忽然软倒下去,虚弱地沉默了片刻后,从嗓子里挤出了一声撕心裂肺的哀号。

那是一只被灼烧到焦黑的手,仅存的三根手指还狠狠捏着残缺的小半块肉!

## 5　奶油历 -7 年

罗杰从休眠舱中醒来后的第一句话是:"找到可探索的行星了?"

第二句话是:"没找到叫醒我做什么?"

第三句话是:"坏了?谁修?"

洪七公的回答很简单:"对,你。"

洪七公实际上有一个机械躯体,能够完成部分维修工作,但在执行过于复杂精密的操作时存在一定的事故率。它被设计为严格执行程序,所以才唤醒了沉睡的罗杰。

出故障的部分是温控系统。罗杰在休眠舱里倒是无妨,但驾驶舱内部分设备并没有按长期在低温下工作的要求设计,如果不尽早修复容易造成其他设备老化,进而产生更多问题。

"好在温感监控很灵敏。"罗杰在洪七公的指导下拆除了机柜外门,取出了温控系统方盒,其承载着功能主板。

"怎么修?"

洪七公的答复永远符合程序:"首先,有经验的维修人员按照在地球上的操作流程来执行即可。"

"我们在地球上……"罗杰微微皱眉,沉吟道,"通常打电话叫工程师来修。"

"没有工程师随队的时候呢?"

罗杰果断答道:"快递返厂。"

如果 AI 能表达翻白眼,洪七公一定会这样做。

罗杰倒是长着眼睛,但肉眼无法鉴别出故障点位于主板的哪个部分。他只得在洪七公的指导下将主板连接在电脑上,进行软件测试。

经过数小时的筛查,洪七公终于找到了损坏点位于某个半导体芯片处。这时罗杰已经向地球发送了三次视频信息,可惜他并不知道要过多久才能传达到。

"我们终于找到了问题所在!"他喜悦地说。

洪七公难得地用了反问句:"难道不是我找到了问题所在吗?"

"分什么你的我的,在这里,我们就是合作无间的同志,是光荣的集体,是铁打的团队!"罗杰大言不惭,丝毫没有脸红,"至少接下来更换芯片的操作者是我!"

洪七公平静开口:"在你说话时,我已经操控机器人更换完成了。因为故障比预期小,我有足够把握独力完成维修。"

罗杰强撑出僵硬的微笑,脸色微微泛红。

## 6 奶油历 15 年

罗杰斯气得面色潮红,一把推开了艾莉阿家的大门。

在奶油人的文化习俗中,互相串门拜访是一种罕见的行为。他还是第一次来到邻居家中。

"穆立波在哪儿?他还有多久下班?刚刚的粉尘爆炸是怎么回事?他们到底是如何做矿井安全生产管理的?"

一连串的质问如鞭炮般"噼里啪啦"地轰向了艾莉阿。罗杰斯清楚 B 级居民穆立波应该还没下班,也清楚艾莉阿不可能充分了解配偶的工作情况。但刚刚发生的爆炸将他整个人都"引燃"了。

"你还没赞美奶油就闯进来了。"艾莉阿缓缓抬起头，用冰冷的眼神直视着他，动作慢得像在抵触罗杰斯激动的情绪。

"他死于这场爆炸，就在刚刚我收到了信息。"

她指了指自己头上的褐色奶油块，那是每个同类与生俱来的种族特征，能够接收主脑直接传递的信息。此类信息往往是极为重要的，配偶逝世当然属于此列。

"你为什么还能保持镇定？"罗杰斯对她的平静感到震惊，"我现在感到十分愤怒和哀伤，我……"

他的话语突然自行中断，紧绷的面部被强行拉直，不由自主地高举起左臂，嘴里冒出了神圣不可侵犯的语句：

"奶油万岁！"

艾莉阿冷笑一声，以嘲弄的口吻说："现在你明白了？"

"也许作为生物学专家的你可以解释，但我不明白这是什么咒语！"有气无处发的感受令罗杰斯愈加愤怒，语调也越抬越高："奶油万岁！"

他尽力控制着脸部肌肉："奶油万岁！"

额头暴起了青筋，嘴角接近抽搐："奶油万岁！"

罗杰斯呼呼地喘着粗气，最后还是放弃了挣扎，被迫将那些芬芳的词汇吞回了肚子里，这才将酸麻的左臂放下。

艾莉阿冷冷地说："你该明白了，愤怒和悲伤是无用的情感，当这些负面情绪达到一定阈值时就会被禁止表达。"

"禁止它们的是主脑？主脑操控着我们？"罗杰斯被自己的推论吓了一跳。他与主脑朝夕相处，还以为自己是最了解主脑的奶油人。

艾莉阿指了指头上的褐色奶油块，道："不然你以为这是什么？"

"种族特征？就像奶油犀的犀角？"罗杰斯原本是这样认为的，但现在他不敢确定了。

艾莉阿冷笑一声："那是主脑的分身，是安插在我们每个奶油人乃至每个动物身上的控制器。你想要表达的一切都是基于它的允许。"

"为什么我不知道这些？明明我才是主脑管理员。"罗杰斯感到整个世界都被颠覆了。按艾莉阿的说法，主脑并非奶油人的管理工具，反倒是统治者？那么奶油人究竟算是什么？主脑的奴隶吗？

"你应该知道这些。你可是……"艾莉阿的声音戛然而止，沉默了片刻后，她忽然庄严地举起左臂。

"奶油万岁！"

随着话音落地，"啪，啪"两声，她的眼球掉在了地上，导致罗杰斯的裤腿被溅上了几点奶油渍。

"……奶油万岁！"

罗杰斯顿时想跑，可下意识的惊呼又触发了神秘的咒语。他被迫挺直身体大喊口号，从而失去了避开惨剧的最后机会。

"砰！"艾莉阿的头部炸开，无数红白之物迸射，墙壁上、地板上、家具上、挺直的罗杰斯身上，都留下了鲜艳的痕迹。

与此同时，一个机械般的低语声传入了罗杰斯的脑海中。他知道声音是通过头顶那该死的东西传来的。

"她说得太多了。"

"啊，啊，啊！"罗杰斯跪倒在地，一道道泪痕划过了他的脸庞，带走了尘土，洗涤了血污。

他握紧了拳头，重重捶向地板，砸得奶油四处飞溅。

"我受够了！这一切混蛋玩意儿，该死！该死！"

"谁能拯救我们？求求你了，不管是谁，来拯救我们吧！"

当然，他并没能说出口。

## 7 奶油历 -5 年

"土壤分析：水 37%，脂肪 3.1%，蛋白质 2.4%，乳糖 4.6%，钾 3.2%……结论：取样成分接近于动物奶油，适合登陆。"

"奇怪的分析报告。"罗杰评价道,"第一颗具有登陆价值的行星,希望有好运气。不过这样的土壤能承载登陆舱吗?"

洪七公答道:"据取样部分推断地表土质较为松软,但应有足以承载登陆舱的坚实部分。"

"听起来就不太靠谱。"罗杰毫不客气地吐槽。

他设置好各种后备方案,甚至包括了最坏的情况。在确定无法回收登陆舱时,PC-250会放弃自己开启返航计划,这样至少能为同胞带回一份有价值的情报。

"登陆后第1次录音,登陆舱状态良好,着力点稳定。"
"登陆后第2次录音,登陆舱未受到攻击,周围环境未见异常。"

录音会被传送回穿越舰。一旦他出现意外,录音就是最后的侦查情报,也是他为地球贡献的宝贵遗产。

"登陆后第3次录音,按程序对设备进行了检查。准备周全,即将离舱。"

他的脚终于踏上了松软而陌生的土地。

"登陆后第4次录音,我已离舱。FY2-049星球表面被形似奶油的白色土壤所覆盖,推测与此前取样标本002号一致。"

"登陆后第5次录音,表层白色奶油状土壤很浅,目测厚度在5到10厘米,其下为坚实土地。这种特殊土壤分布极广,遍布视线所及范围。"

"第6次录音,这颗星球超越了我对外星的一切想象,真是有趣。我发现远处存在褐色土壤,现在尝试循此方向展开探索。"

"第7次录音,我已前行超过三十米,褐色地区仍很远,目前未见异常。"

"第8次录音,我已前行超过百米,未见异常。等等,发现生命体!"

罗杰注意到一只体态似猫的未知生物伏在地上,正舔舐着沾满奶油的爪子。它的头顶有一块褐色的奶油,双目圆亮口鼻小巧,很符合地球审美。

"小家伙,你可是我在太空探索以来接触过的唯一高级生命体。"罗杰缓缓伸出左臂,右手却谨慎地扣在腰间的武器上。

那"猫"静立不动。罗杰的手很快触上了它的后脖颈,轻抚着渐渐转移到它的下巴处。它主动将头一歪,还发出了满意的呼噜声。

但下一刻,两只猫耳骤然裂开,从其中弹出两只节肢前足,以迅雷不及掩耳之势锁住了罗杰的手腕。同时从猫口中暴射出一只密布细齿的触手,直接戳向罗杰的脸!

好在罗杰反应得快,手中镭射枪当即发射,一枪就将猫击毙。

"呼!"他松了口气,隐隐有些后怕。

"有趣又危险的生物。这里会不会存在高等的类人文明?如果存在,它们会长成什么模样呢?"

## 8　奶油历 15 年

罗杰斯看着镜子,仿佛从未见过自己在镜中的模样。

坚毅的面庞,精致的五官,结实的肌肉,一切都显得很协调,唯有头顶的一块褐色奶油异常突兀。

他鼓起勇气,伸手抓起那块奶油,想要将它扯下,可那东西就像在脑袋里生了根一样,稍微一拽便头痛欲裂,根本没法将之分离。

"这一切都有问题,世界不该是这样的,这不对!"

罗杰斯紧张地思索着,试图从乱麻般的线索中理出头绪来。

艾莉阿的死最不对劲,她被主脑直接制裁了,却不是因为负面情绪,仅仅是"说得太多"。她临死前最后一句话是什么？

"你应该知道这些。你可是……"

她在说我？对于主脑而言，我是个特殊的奶油人？

对了，我确实和其他奶油人不太一样。我是主脑的管理员，是唯一非A级居民，却享受着最优等待遇。也许，我会是这个世界的救世主？

不，不，如果我有能力将奶油人从主脑的统治下拯救出来，那主脑早就消灭我了，而不是拉拢我，这其中一定还有别的缘故。

莫非，我掌握了什么独特的东西？

罗杰斯猛地想起自己床头的宝贝小盒，自打记事起这个小盒就摆在那里，从未改变。

盒子里究竟存放着什么？为什么我对其视若珍宝却想不起来？

罗杰斯想不通，但他知道自己必须解开这个谜团。无论其中隐藏着何等秘密，自己都必须面对！

盒子并没锁，一根标记着003的玻璃试管和一个小小的玩具人偶就这样呈现在了他的眼前。

无数信息如潮水般涌入了他的脑海。

## 9　奶油历-5年

"宇宙日志：FY2-049星球已探索完毕，未发现文明。本土生物多为依靠奶油生存的微生物，有少量高等生物介于节肢类和哺乳类之间。0008号宇航员罗杰对该星进行了标本取样，标本编号为空气001，白色奶油状土壤002，褐色奶油状土壤003……"

"探索工作终于完结了。你手上的东西是什么？"

"哈，是我小时候最喜欢的玩具，是个宇航员。"

"有心理学家指出，童年的爱好会影响成人的就业选择。"

"没错,我一直梦想着成为一名伟大的宇航员,探索宇宙,开拓星球。"

"恭喜你实现了自己的梦想。"

"这能算实现了吗？这颗星球是否适合开拓还不好说。唉，我只管把探索结果带回地球，结论让决策层来做就行了。"

"你去休眠吧，返航的事情尽管交给我。"

"谢了洪七公，你是最可靠的同伴。"

罗杰很快就陷入了休眠。因此他不可能发现标本003号已经发生了泄露，更不可能看到那些伪装成土壤的褐色菌类会在数小时后侵入电脑系统，甚至在数天后侵入他的身体。

这些恐怖的寄生猎手还会在5年后侵入他的母星，将地球改造成为下一颗奶油星球！

## 10　奶油历16年

一只脚踢开了主脑基地的大门。

几十名电子守卫齐刷刷将武器对准了来者，对准了这个可憎的、手无寸铁的只会攥着个玩具模型的入侵者。

但他们又不敢射击，因为眼前的人类非比寻常。他拥有合乎程序的基地内工作权限，却又被主脑判定为入侵者。

在行动前，他找到了忘却已久的记忆，也就此想通了关键点：褐色奶油这种菌类尽管是可怖的寄生者，但它们的行为却严格遵守规范，无法突破权威。仅从他们对被寄生者的级别划分但就可见一斑。

唐路德曾是航天发射中心的专职司机，被判定为D级居民，只能参与矿区劳作，近乎无足轻重。

穆立波曾是航天发射中心的行政领导，被判定为B级居民，继续担任管理岗位。

艾莉阿曾是星际探索指挥团的生物学专家，被判定为A级居民，继续从事生物学方面的研究。

菌类能无视唐路德的安危，坐视穆立波的死亡，甚至亲手杀死艾莉阿，但它们能对A级之上的S级居民出手吗？

脑洞主义

青年失落时代

  他是全星球唯一的 S 级居民，是奶油人中权限最高的特殊存在。他是将褐色奶油带到新家园的功勋元老，也是主脑被寄生前，或者说成为主脑前唯一认同的朋友。

  现在，让他来赌赌看。

  罗杰斯，不，罗杰微微仰头，对楼上的主操控室露出了坚定、快乐的笑容。

  "洪七公，我来救你了！"

她会回心转意吗？

阿
莲
16

# 脑洞主义

## 青年失落时代

1

我踩着石阶登上瞭望塔的时候,一场急雨刚刚过去。主恒星k440橙红的光线穿过稀薄大气,从地平线附近斜照过来,在低温和大气过滤的影响下将天空染成一种由橙色到暗红的渐变色,有如古地球诗篇里的天国穹顶。

主恒星之外,五颗耀眼的恒星高悬在逐渐暗淡的夜空里,天鹅座巨大的郁金香星云像一只青蓝色的眼睛,在天幕的中央静默横垂。黄昏之下,瞭望塔只身伫立在孤岛的碧蓝草地上,像古老传说里守护着大门的巨人。

当然这里没什么值得看守的。我走上瞭望台,四下看去,不出意料地在星云前方看到了身穿防辐射服的人类。

我转过身子,向她走去。

直到我走近她身前两臂的距离,已经让我感到不舒服的时候,她才终于发觉了我的存在。对方像是猛地从梦中惊醒一样,吓得一哆嗦,高高跳起,随后看到是我,又露出了放松的表情。

"阿莲,"她拍着胸口说,"你走路老是不声不息的,吓死我了。"

"我不叫阿莲。"我习惯性地说,没有期待对方的回答。

## 16 阿莲

与前143次没有多少差别,她耸耸肩:"你们种族语言中名字的发音太难了,我实在发不出,也不知道是地球哪个语系进化出来的。就让我这样叫你吧,反正你也不讨厌,行吗?"

我没有反驳,没有同意,也没有反对。

她说话总是这样,以问句结尾,或是感叹句,甚至是话说一半,似乎是自然而然地等待着和她对话的另一个人接话似的。最开始把她捡回来的时候我颇不理解这点,但现在我能理解她没有恶意,只是由于她曾经生存的那个文明中,两个生命体之间发生语言的交互是非常普遍的现象,才给她留下了这样的习惯。

但对我来说这可以说是一种折磨了。在遇到她之前,我和其他生命体的语言交互五年里只发生过一次,那还是胡利安尼比斯Aiet06闯入我的领地的时候。对话内容不过是我发出威胁,对方回应,最后我们认同他暂时无法挑战我,他离开。那是简单又快速的信息交换,而不是像和她在一起这样,整日被不可理解的语言交互弄得茫然又疲惫。

就如同现在。我没有接话,我们两个陷入了沉默,根据我的经验,这不是一件好事。所以接下来我必须说些什么。啊……这令人厌恶的,完全不符合生存习性的交流行为。

我开口:"你又在寻找地球吗?"

她转过脸来看看我,叹了口气。

"永远不懂不应该戳别人的痛处,是不是?"她声音低低的,"不错,根据我的计算,现在地球应该是在那个方向了。我想通过瞭望塔,哪怕能看到一点太阳系的边缘也是好的。"

"地球毁灭了,人类自己加速了物种灭亡,发动战争,过度使用核武器,导致地球上的生态彻底毁灭,我们就是那时少数星际流亡者的后代。"我第143次说道。

她看着我,带着一种奇特的神色,我没法理解。一旦超越了基本的喜怒哀惧,我就没办法再依靠从胶囊里学来的知识解读她的情绪了。

"是啊……"她轻轻地说,"是啊,我知道。"

她站起身来,似乎是想伸手触碰我的胳膊,但伸到一半又收了回去。"下去吧,是不是该吃饭了?"她说。

## 2

她的名字叫林宿辰,她不能准确喊出我的名字,但我可以喊出她的,这可能确实和我是进化后的人类有关。

她说"辰宿"在她的语言里,是星星的意思。她出生在一个冬季的寒夜里,母亲抱着襁褓中的她,看着古地球的冬日夜空中神秘渺远的星空,为她起了这个名字。"神秘"在古地球人的概念里通常是和"力量"挂钩的,那个生活在远古时代的母亲,也许是期望这个宏大和深不可测的概念能够给予她的孩子一些护佑。

如果真是如此,林宿辰倒是没有让她母亲失望。她出生在古地球航天技术蓬勃发展的年代,通过一道道严苛的选拔,经历了可以称之为残酷的训练,最终作为一名航天员飞上了太空。

作为一名出色的航天员,林宿辰曾数次完成过近地任务,而让她真正青史留名的是她参与的那次远地探索。

在古地球纪年的35世纪,人类终于有了曲率驱动飞船,可以向更远的宇宙发起挑战。

幸运抑或不幸的是,林宿辰被选中作为第一批进入远地探索的科学家,在地球人的祝福中登上了飞船。

但从此再也没有回去。

后来我知道,他们所乘坐的飞船是当时第一批曲率驱动试验品,在偏离了预定航线之后被引力捕获,坠落到行星格利泽1601d的引力场中。林宿辰醒来后,复盘了很多曲率驱动实验如何在真实宇宙中失败的过程,但这在我听来其实过于简单。失败就来源于人类那粗制滥造的科技,自以为掌握了曲率驱动就可以飞上天，而实际还差得很远。

总而言之，当我游荡到那附近，在星际间捡到她的时候，她已经在那艘飞船上冬眠了，同行的其他五个男女安安静静地躺在冬眠舱中，已经停止了呼吸。

恒星格利泽 1601 距离黑洞不远。这意味着根据引力时间膨胀，她在古地球的 35 世纪从地球出发，被我捡回行星开普勒 440b 的时候，按照古地球纪年推算，已经大约是 179665 世纪。

在这一千多万地球年的岁月里，古地球的人类并没有如她想象的那般，走向星空，拓展疆域，而是带着整个种族走向了灭绝，并在最后用核武器将那颗行星摧残得寸草不生，再也不适宜物种繁殖。

如此愚蠢、无知、狭隘、自我毁灭的种族。

虽然这样贬斥他们对我来说也没什么好处。星球覆灭之时，少数拥有社会资源的人类乘上曲率飞船，逃离了地球。他们中很大一部分死在了星际旅途当中，但也有少数幸运儿找到了适宜生存的星球，落地生根，繁衍至今，我就是那些人的后代。

虽说如此，但我对古地球却没有任何亲近之心。我们的祖先在宇宙中找到了被古地球称为开普勒 440 的恒星系，并在其几个适宜生命繁殖的行星中开辟了领地，至今已过去上亿开普勒年。其间不止文明更替，就连物种也早已发生了彻底的改变。至于当时侥幸活下来的其他人类去了哪里，现状如何，我们一无所知。

根据星际互助准则，如果在宇宙中遇到落单且遭受生存威胁的智慧生命，应尽力对他们实施帮助，这是我把林宿辰带回领地的唯一原因，而并不是因为我们上亿年前那几分虚无飘渺的联系。

但我没想到这份普世的责任感会给我带来如此多的麻烦。

林宿辰，古地球人类——一个脆弱到简直好笑的种族。

16 阿莲

他们生存的温度限定在200k—350k（该计量单位与地球上的开尔文温度计量方法相似，0k为宇宙中的最低温度，即绝对零度，200k相当于零下70摄氏度左右，350k相当于零上70摄氏度左右）之间，稍高或者稍低都会让他们死亡，这简直让人匪夷所思。宇宙间的行星，只有极少数拥有古地球那样由二氧化碳和甲烷组成的厚重大气层，而多半是像开普勒440b这样，稀薄的大气中很大一部分是水蒸气，与此同时，行星侧向旋转，使这颗行星的昼夜温差随着恒星散发的光热发生上下五百多k的转变，如果她不穿防护服，恐怕一天之内就会死亡。

而这还不是最糟的。在我们生活的行星上，五颗恒星肉眼可见，给星球带来了巨量的辐射，而生活在银河系偏僻角落的她对此毫无防护能力。我将她和她的飞船捡回来的时候，差点让她送命。

因此她在这个星球上生存的第一件事，就是先学着用我们的科技，制作了能让自己生存的防护服，并不得不时时刻刻穿在身上。

其次是生活习性。根据林宿辰的解释，在古地球，人类是群居动物，和自己的家人、朋友生活在一起，相互照应扶持，我一想到这个景象就满身应激。

我们所生活的行星，绝大部分表面被海洋覆盖。海洋上方有大量的岛屿露出水面，各自分散且距离遥远。我们的祖先就在这些岛屿上建设了一部分家园，我们也进化成为水陆两栖的生物。

但由于地缘阻隔，在我们的大部分生命中，我们是绝对的独居生物，每人占领一处岛屿领地。我自己的领地延伸出17开米，我了解到我的同族，胡利安尼比斯Aiet06的领地有10开米左右，想来其他人的也差不多。在恒星光亮的时候我们潜入水中，而在夜幕降临的时候，我们登上陆地，有时还到外太空去游荡。

由于林宿辰不得不生活在陆地上，我只得在岛屿上开辟了能够让她生活的地下空间。

当时听完我的讲述，林宿辰对我说："你们就像猎豹一样，矫健，敏捷，孤僻。"

那是一种生活在古地球上的哺乳动物。我听说它不能在水中生存，于是对此不置可否。

但据林宿辰所说，我们之间最大的区别，是一种我无法理解的东西。

我说是情绪，她说是感情。

"感情"这个词我很难理解，对我来说，林宿辰的面部经常会出现一些表情，代表着她有某些情绪。而这些情绪影响着她的脑波频率、行为动作及健康状态。这些情绪的出现近乎随机，她往往突然涌现出某一种情绪，这是她身上最让我费解的事情了。

我认为这是古地球人为了繁衍进化出的技能，他们的繁衍依托两性结合，而两性结合需要情绪。因此在我们这个繁衍可以由技术代替的种族当中，情绪就是不必要存在的东西了。

林宿辰非常不认同我的观点，还为此尝试过和我辩驳，当然最后她没能说出什么有价值的东西。未进化的人类总是有各种各样的麻烦，我想情绪这东西影响了她本该用来思考和分析的大脑。

实施了救助任务，等她能依靠我们的技术独立在宇宙间生存，我们两个的接触就该到此为止了。可是我久久等待的这个目标始终没有实现，不是因为她不愿意学习生存技能，相反她学得很好，而是因为她屡教不改，总是在尝试一件事。

我第一次发现她不见的时候，是她来开普勒 440b 之后的第三年。

她在我的领地里住了三年，有一天突然和她的飞船一起消失了，我原本毫不意外。告别本来就是理所当然的事，有些被我救助的智慧生命会在临走前和我打个招呼，有些则不会，这都极为正常。我收拾了给她建造的的地下基地，准备恢复自己往日的生活，却无意间看到了她的笔记。

笔记以地球语言写作，但逃不过我们自带的翻译系统。

## 脑洞主义

### 青年失落时代

她像个幼儿一样竭尽全力计算了某个方向，用到了自己所能理解的一切工具，而其参数使用却全是错误的。

按这个思路，她会一直航行到飞船上的能量耗尽，然后死在太空里——如果其间没有遭遇其他意外的话。

遇到生存有危机的智慧生命应尽力援助，那遇到主动送死的呢？

我无言以对，我从未见过主动送死的智慧生命。

在行星自转半周后，我乘上了自己的飞船，沿着她计算的方向，向着宇宙深处出发了。

有她的计算结果，找到她的飞船并不难。在被我找到的时候，她已经因为飞船的动力引擎故障陷入昏迷，任由飞船随着惯性在宇宙间飘荡。

在我把她带回来之后，林宿辰在在行星自转三周后醒来。见我站在她身边，她转过脸来看着我：

"我失败了，"她说，"阿莲。"

"我不叫阿莲。"我说。

她叹了口气。

"我并不是不愿意生活在这颗行星上，尤其是你对我很好。"她轻声说，"我只是……想回去，哪怕地球已经寸草不生，太阳还在，我想回去看看太阳。"


又来了。

我说："那颗行星已经不适宜生命存活了，你的所作所为是在自杀。"

她愣愣地看着我，与我对视。过了片刻，她轻轻一笑。

"我知道。"她说。

我自此也再找不到任何说话的点，便转头走出了地下基地。星际守则每50个宇宙单位更新一次，目前的版本中并未涉及智慧生命自杀的处理办法，对于想要自杀的种族应该如何应对，我暂时还没有得到答案。

## 16 阿莲

在那之后，我又到星际间救了她 38 次。

从某个角度来看，我从不认为林宿辰这样脆弱的生命，有任何可能在宇宙中以光速航行 600 多地球年，并找到当年的地球。她没有防辐射能力，她的机体寿命既脆弱又有限，落后的科技在几年之内无法弥补……问题实在是太多了。可是无论我怎样传达这些信息，她都一意孤行，我不得不一次又一次地在她陷入危险时将她带回。

第 39 次，她昏迷了半个行星公转年，才终于醒了过来。

她躺在地上，目光直直地望着洞穴上方。

等到我走进去，她偏过头，对我做出了一个不知道是哭还是笑的表情。

"我又失败了。"她说。

我没有回答，她拍了拍身边的坐垫。我走过去，盘腿坐在她的身边。

"你是不是觉得我很可笑？有时候我自己也这样觉得。"林宿辰轻声说，"已经过去了一千万年，地球兴许都已经在宇宙间消失了。就算我真的能找到太阳，那也只是一个和我毫无关系的恒星，和开普勒 440 没有任何区别……唉，我甚至也不知道我为什么要找寻它了。"

我认同道："你不该找寻它了。地球幸存的生命体都已经外迁。如果你想寻找古地球人的后代，也无需寻找太阳系的方向，他们散落在宇宙的各地，你可以去游荡看看。"

她垂下眼睛，看着我。

"我不是具体要找什么，你能理解吗？"她说，"人类的后代，我已经见到你们了。而古地球的遗址，我也知道除了那些碎片以外什么都没有了。但我……无论如何，我就是想回去看看。"

我顿了顿，选择回答了她的问题："宇宙间智慧生命的第一准则是生存，因此我对于自杀式的行为不能理解。"

"也是。"林宿辰苦笑着摇摇头。

她突然向我伸出手来。我想不出任何不把手臂递给她的理由，便配合着将手臂递给了她。

她握着我的手掌,翻来覆去地看。

"如此完美柔韧,生机勃勃,充满力量。"她轻轻地说,"人类一定要变成这样才能生存下去吗?感情对你们来说,是累赘吧。"

我想说"是的",但不知为何犹豫了一下,没有说出口。

"阿莲,谢谢你救我,谢谢你一直以来的照顾。"她松开了我的手,说道。

"我不叫阿莲。"我固执地回答道。

她没有说什么,叹了口气,闭上了眼睛。我停了片刻,也站起身来,将她留在我的地下基地里,走到了七颗恒星所照耀的夜幕中。

3

星际航行是一件危险的事,特别是对她这样脆弱的生命来说。

也许是之前被我所救的45次航行没有让她对这点有足够清晰的认识,总之,当我第46次到星际之间去寻找她的时候,她受了几乎是致命的伤。

损伤是强行通过小行星带所致的,她应该是在昏迷前的最后时刻,调整了飞船方向,这才让她的飞船被其他恒星的引力所捕获,一直支撑到我到来。

她自制的飞船早已经破败不堪,防护服被划破,宇宙射线从四面八方侵蚀着她脆弱的生命。我头一次觉得,也许她的生命就要在我眼前消逝了。

智慧生命的流逝是件令人悲伤的事情。也许是因为这个,在把她带回开普勒440b的时候,我对一切都充满了不耐烦。不耐烦自己的飞行器开得如此之慢,不耐烦自己的手指有些许的脱离控制,不耐烦她这样的远古人类如此难以理解、不听劝告。

16 阿莲

这一次我被迫入侵了赛本安尼斯坦 ane32 的领域。虽然游医很重要,但我对入侵领域的厌恶远压过我对游医的需求,所以我从来没有去找过他。

游医站在领地的边界处迎接我。他双脚微踮,在属于他的黑兰色草原上站着,轻盈得像一片叶子。

"我早听说你捡了个古地球人回来。"他的声音也非常轻盈飘渺,"终于回心转意,肯让我研究她了吗?"

"根据星际互助准则,我想请你保住她的性命。"也许是和林宿辰相处久了,我与游医的对话自然了很多。

游医没有回答,没有同意,也没有反对,我们种族之间的交往就是如此。他接过林宿辰,然后伸出手指,在我脚下划下范围。

"如果越过,就是领地入侵。"他对我说。

这是种族相处的合理规范,我点点头,看着他抱着林宿辰的身影远去,最终消失在我视线的尽头。

我在游医的领地里,等过了八次主恒星的升落。天鹅座星云从我的头顶降落到视线所及的远方,在黑暗的天幕中永恒而沉默地注视着我。

等到林宿辰的身影终于在我眼中出现的时候,已经是第九天的黄昏。

粉红色的光线勾勒着她的身影,她在古地球三分之一的重力下脚步不稳地向我走来,游医跟在她的身后。

我站起身来,看着她来到我面前。

林宿辰看起来已经痊愈了,她脆弱的呼吸在防护服里染出一层淡淡的雾气。游医果然厉害,但我不知道他为什么要跟来。我将林宿辰拉到自己身边,竖起耳朵,警惕地盯着游医,从喉中发出低沉的警告。

"别,我不是冲她,"游医对我摆摆手,表示妥协,"让我接触一下你。"

对方没有恶意。我伸出手指,与他相接。

他脸上出现了一个和林宿辰很像的笑容。

"我们从她这个样子,进化到我们这个样子,经历了抗辐射能力的提升,改变了生活习性,也失去了一些东西。"游医对我说。

"感情。"我说。

游医摊开双手,站在飘动的草叶上,在红矮星的光芒中垂眸看向我。

"我一直认为,我们这个种族并不是缺乏感情,而是将它压抑了。"他对我说道,"对智慧生命来说,一切进化都是为了保障种族的生存延续。正是因为不需要感情,我们才能在宇宙间没有牵绊地生存。"

"但我们也并非彻底失去了它。只是感情的调动阈值变得格外高,且调动时间及其漫长,其产生的量也只是繁星一砾,不足以影响到我们的生存。但是我们还有,"他说,"至少你还有。"

我略有些疑惑地看向他。

"你的情感在史无前例地波动。"游医看着我说道,"愤怒,你听说过吗?在古人类拥有的众多感情当中,愤怒是其中最容易调动的一种,所以我偶尔会在同族身上发现,不过距离上次也有近百年了。"

我拉过林宿辰,转身离开游医的领地。

"她的身体不能再承受一次星际远航了,"游医的声音在我身后传来,"如果你会感到愤怒,就不要放手。"

我没有回头,在我们身后的漆黑天幕上,恒星高悬,天河坠落。

## 4

我在睡梦中被一声巨响惊醒。

大地嗡鸣着颤抖,溪兔从草丛中惊起,四散逃向远方。空气中弥漫着硫石灼烧的气味,草木摇曳,荒原被一片橙红笼罩。

我走出洞穴,望向天空。天幕被火焰充斥着,开普勒 440b 的主恒星是颗红矮星,其周期性的骤燃正在爆发。距离极近的开普勒 440b 受到严重影响,极高的热量在行星稀薄的大气中摩擦点燃,布满天空,砸下一阵阵带着雷火的暴雨。

在我 50 年的寿命当中,这样的景象也就只见过一次。

燃烧的雨坠落在瞭望塔附近,将漆黑的塔身点亮。沉默的巨人在荒原当中伫立,我与它遥遥相望,一同站在骤燃之焰的中央。

过了六分之一的行星自转时间,已经不再有火焰坠落。天空此时显得更加黑暗,在这片漆黑当中,我转过身,慢慢地走向发射台。

她果然在那里。

林宿辰穿着防护服,只身立在发射台的边缘。

我站在下面,抬头仰视着她。她看起来就像荒原上的巨人。

"阿莲。"她偏过头,轻轻地喊我。

夹杂着硫黄味道的微风从我的耳边吹过,将她防护服上的绳结扬起,在星云的注视下高高飘荡。

"我是一个生活在过去的人。"林宿辰叹了口气,似乎是说给我,也似乎是说给并不存在的人,"上大学的时候还留着小时候的玩具,第一次登上太空的时候还带着中学的日记。我知道地球已经不存在了,也许我早应该放弃追寻,留在这里,或者去寻找其他的地球后裔。

"但我没有办法做到这一点。我软弱、笨拙,又十分固执。我无法和你们一样,压抑着自己的情感,仅仅为了活下去。这样的生活对我来说没有意义。这是你们的生活,而不是我想要的人生。从最开始,我就应该随着地球一起长眠。"

我猛地抬起头来，在夜幕的漆黑中，我似乎看到她的眼角有晶莹的泪光。

"阿莲，"她说，"我要回家了。"

她站在天鹅座星云之前。说这话的时候，她看向我，那双我永远无法理解的漆黑眼睛中闪烁着明亮的光芒，比流星还要璀璨，比恒星还要耀眼。

我不知道是受到了什么驱使，往前走了一步，向她伸出手。

我那时想做什么呢？至今我都没有明白。

我没有想挽留她，也没有想触碰她，也并不是想要阻止她做什么。在我的记忆当中，那一刻的思维甚至变得模糊。我不知道我在想什么。

但我能清晰记住的是，她怔了一下，然后笑了。

随后她轻轻地蹬了一下发射台，翩然下落。她握住了我的手，掀开防护服的面罩，用她的嘴唇触碰了一下我的鼻尖。

在这一连串让我不知所措的动作之后，她脸上扬起喜悦的微笑，又盖上面罩，单腿用力，回到了发射台上，钻进了她自己打造的那艘飞船。

"游医说的没错，"她在飞船里对我说，"阿莲，我很高兴能在最后的时间里认识你，再见了。"

我看着她，看了许久。看着发动机燃起青蓝色的火焰，看着白色的金属舱震荡轰鸣，看着天鹅座星云巨大的暗红色眼睛在天幕上低垂，看着碧蓝色的草地被飞行器染上橙色的光。她会回心转意吗？我有一瞬间想到，她会不会突然停止飞行器的轰鸣，然后跳下来，告诉我她不走了？

可是没有，当然没有。在轰鸣声中，我看到繁星斜映着她的带着笑意的眼眸。随后飞行器升起，载着我勇敢的朋友、我固执的爱人，飞向星辰之间，飞向遥远宇宙的茫茫黑暗当中去了。

现在,哎呀星是一颗微缩的小型地球了。

# 我一生的故事 17

## 脑洞主义

### 青年失落时代

1

你无数次问我那场航行,关于漫长的黑暗寒冷,和无尽的时间空间。这是在你长大离开寂静之地后,难得感兴趣的部分。在过去和未来,我从未和你如此紧密地融为一体过,你能感知我想感知的一切,亦好奇我曾经历过的一切。现在,让我最后一次为你讲述吧。

请想象自己是一颗从地球发射出去的小推进器,一路加速到第三宇宙速度,向着无边黑暗的宇宙出发。你一路穿过恒星系巨大的震荡陨石带,与无数或大或小燃烧着的流星相遇,在随时可能出现的射线中穿梭,在黑洞白洞虫洞或者高维空间中迷路,你会遇见无数灿烂星河,也会看到黑暗旋涡。你一路飞行,身披遥远时间和空间的宇宙尘埃。在飞行两万光年后,降落在围绕巨大恒星公转的一颗蓝色行星上,行星北半球深灰色的寂静之地,那便是你出生的地方,是你的世界。

你从那儿来,未来某一天,你也会发射出一枚小型推进器,它会逆向而行,走过我和你一起走过的路,穿过我跟你共度的时光。在宇宙间引起的参微震荡,会使一颗直径 12 公里的小行星在某个特定时间点,以每秒 20 公里的速度一头栽向一颗蔚蓝色行星,撞击释放的能量,引发了海啸、地震和火山爆发,大量灰尘进入大气层,遮盖住阳光,造成了长达数万年的核冬天。这颗行星,是我出生的地方,是我的世界。

你喜欢的不是这场末日航行富有诗意浪漫的部分,你喜欢的是冒险和可以掌控的未知,我对此心知肚明。但有一次,我在描述逃离陨石带时提到失去的同伴,你问我怕不怕,我那时觉得你毕竟是人类的孩子,体内还流着感性的血,我那时回道:"我不怕,这是早已注定好的。"

那次你难得没有噘起嘴,表达对这个奇怪回答的不满,你乌黑的眼珠盯着我,像机器人一样审视着我。也是从那时起,我开始漫长的等待,等待达摩克利斯之剑的降落。现在,面对即将到来的死亡,我的答案依旧。

"我不怕,这是早已注定好的。"

2

那天,你从外面跑回来,给我讲解了一道复杂的数学论题。你的表情不再迷茫,散发出知识浸润下的光芒。现在,你的数学知识已经远远超过地球上任何一位伟大的数学家,你身体构造的一部分,在某种程度上让你在数学领域走得更远。你是半个参微星人。这是我既喜且忧的源头,也是我漫长计算的起点。

你抱怨塔塔和哈哈数学理论太落后,跟我分享你从寂静之地的风暴中安全返回的冒险。这一次,你利用了参微公式,你成功了。

那年你12岁。

当时的我漫不经心,全部心思都在我那庞大而又落后的计算机身上。在你开口前,我知道这一刻来临了。

人类探知情绪的本能就好比蜗牛伸出它的触角,但你们参微星人却需要颇费些心力。

你在营地之外完成了成长,现在,你要在出生之地斩断过去。

我当时一只手扶在超级计算机的显示屏上,一手敲着桌面,侧身对着你。你开口时,我眼睛紧紧盯着显示屏,直到10秒钟过后,计算机"滴滴"响起,我才转身面对你。

起始点出来了。

3

"夸父号"着陆时，发生了严重撞击，它在坚硬的地面上滑行数百米，之后一头撞上一座山包，引发了小型的山体滑坡，大半个舱体被砸进了地底。我短期内无法再次航行，应我的要求，参微星帮我从地面挖掘出一条通道，直通山体腹部的"夸父号"，又帮我建立了地面光能系统，使飞船内部的鸿蒙系统再次运行。当天晚上我就住在"夸父号"里，智能管家戴维斯亲切的语音响起时，我终于能在纷杂的思绪中沉沉睡去。

我在"夸父号"坠落之地修建了地下营地，叫做"寂静之地"。

我在使者陪同下，花了10个行星日考察整个行星。起初我还保有一位探险家基本的科学素养，对星球土壤、岩石、空气、动植物、气候等如实记录，突然某一刻我感到厌倦了。当时我跟使者乘坐的飞行器正驶过一片无边无际的蓝色晶体植被覆盖群，为了考虑我的飞行体验，飞行器降速至原来的10%。我们低空掠过，我手腕上戴持的全息摄影正在如实记录一切。这片蓝色太过广袤无边，使我想起地球上的画面，那一刻我从巨大的自欺欺人中醒过来，我知道用忙碌和科学考察重新建立已全盘崩坏的秩序，都是徒劳无功的。

我回到寂静之地，很长时间不再出门。参微星帮我升级了飞船的生态系统，使我有更充足的食物和水。我开始着手整理飞船上携带的种子、胚胎和人类自古至今艺术作品的数字模拟资料。这是一项庞大的工程，首先成功的是各种植物，它们很快就在我营地的一角成长得郁郁葱葱。接着是小型昆虫胚胎，它们很快在植被中安家。行星使者见我对他们星球不再感兴趣，我的地球生物无法在营地外生存，不会对参微星有威胁，便转身离去，投入到足以改变宇宙进程的事业中去了。

你便出生在这座日渐充盈的地球博物馆，在充满生命气息的寂静之地一天天长大。

4

我坐在篝火前，等待你苏醒。

"这就是你不让我离开寂静之地的原因。寂静之地是参微星人专门为我打造的，也是送我的礼物吗？"

这是你醒来后问我的第一句话，也是唯一一句话。

我点点头，你用乌黑明亮的大眼睛看着我，眼珠漆黑，像宇宙的星星。我浑身颤抖，星空宇宙恐惧症要发作了，你要问我那个问题了，但我还没准备好。

但你没有，你在我睡着时离开了，那是你第一次离开营地，夜不归宿。我知道那件事的倒计时已经开始，我也是从那时开始为此做准备。

那年你7岁。

那天行星的三颗天然卫星一起出现，也是你第一次在数学比赛中打败塔塔。你骑着飞行器跟塔塔他们跑出了寂静之地，参微星凛冽的寒风立刻将你冻僵，你摔下来，柔嫩的肌肤磕在参微星坚硬的岩石表层，植物们的多边形晶体将你割得血肉模糊。塔塔他们吓坏了，立刻跪下额头贴地，将信息传给脚下的大地，也就是参微的大脑。

参微立刻觉知，拯救是一瞬间的事。多边形晶体植物瞬间枯萎，它们碎成沙砾随风飘散。岩石也瞬间变成柔软的洁白的砂子，连寒风都停了。地面机动部队开着细长椭圆形的飞行器赶到，将你带回营地。

你我都知道，是参微拯救了你。

你几乎快死了，肋骨断了几根，手脚失温需要截肢，这是戴维斯得到的结论，它可以在营地给你安排一场手术。但参微人不这么认为，他们给你装了金属肌件的双腿和右手五根手指，玻璃纤维连接心脏，保留完整的四肢——如果这还能被称之为完整的话。

## 5

参微星浩浩荡荡的大工程持续了将近两个地球年，改造星球是一场巨大的工程，众多参微星人在这个进程中倒下，他们毁灭掉恒星附近的三颗行星，用来给参微一世提供能量。三颗月亮就是大毁灭的产物。

参微一世竣工那天，使者邀请我去参观。飞行器刚飞过自转赤道，数十个核聚变能源口释放出幽蓝色的光，将整个北半球天空映出盈盈蓝光。先前美丽的晶体覆盖群消失不见，一片印度洋大小的地坑裸露在地表。我知道，行星上的所有石头都被挖去充当燃料了。

飞过发动机能源场，往东继续飞行数千里，飞行器降落在一座新建的基站，通往地心的通道如此平平无奇，像地球上随处可见的深渊。

两年前我的降落证明了参微公式，为掌握更多宇宙真理，参微星人计划将参微星改造成一台行星计算机。在我面前的，便是参微一世计算机的入口。行星统治者参微本人在等我。

参微星人长得极其优美，是我在这个宇宙中见过的最美生物。他们普遍两米高，偏大的椭圆形大脑立在细细的脖颈上，脖颈是数条金属纤维，直接通向胸腔。他们薄薄的胸腔内空无一物，挂着与大脑相比明显孱弱的四肢。参微星人的生命集中体现在大脑，他们思维极度敏捷，但行动迟缓，彼此之间的交流主要依靠触碰，语言和行动都已退化。参微星上的所有生物，包括参微星人，都是硅基生命。

超敏捷的思维和超缓慢的行动，使得参微星成为宇宙最智慧生物后，却没有轻易发动战争。我形容他们是"天才宅人"。

而参微，则是促使这一切发生的神。

"这是你最后一次见我，确切地说见我这副躯体。从明天起，我会与参微一世进行大脑连接，成为星球的一部分。"

后来我才体会到他的意思，成为星球的一部分，意味着参微本人的大脑彻底掌控参微一世，他从原来行动缓慢的硅基躯体中破茧，使整颗星球成为他的新躯体。换句话说，他成了参微星。

那天返回经过核聚变能源口的时候,我的星空恐惧症毫无征兆地发作了。回到营地,我蜷缩在休眠舱,将头埋进植被中。这时你爬过来,用稚嫩的语音对我说了你生命中第一句话:"妈妈。"

我醒了过来。

这是我一生中你第二次将我唤醒,第一次,是发现你的存在,那时我刚降落参微星,正经历从未有过的磨难。

第二天,我向使者提出搭建独立于参微一世、使用地球算法的超级计算机,并希望他们能利用参微星上超前的知识,输入一套指令,来寻找现有宇宙是否有第二颗类地行星。即将与参微一世进行大脑连接的参微本人,发出他作为独立个体留下的最后一道指令。

"答应她。"

6

"地球早已不在了,整个宇宙也寻找不到第二个它。为什么要记住这些?"你噘着嘴,表示极大不满。

你出生且成长在微型地球博物馆,观察植物和昆虫及小型爬行动物的生长是你被激发出数学兴趣前最喜欢做的事。但这一切被我亲手毁掉了。

我们的第二次大冲突爆发在你5岁那年,我差点儿动手打了你。那之后你在另外一条路越走越远,你不再有如此强烈的情绪暴露。"喜欢"和"讨厌"之类的词汇更是从你嘴里绝迹。我不断反省,正是因为我越想让你做成那件事,反而把你朝相反的方向越推越远。激发出你的数学天分、毁掉你最爱的地球博物馆、让你一字不差记住那些毫无意义的数字,最后,在你试图反抗的时候,用卑劣的道德感将你牢牢绑住。

那天你给我背诵人类诞生史。关于地球的一切知识,它除了储存在"夸父号"的数字模拟图书馆中,也被我在日常生活中刻进了你的基因。

"忒伊亚大碰撞开始后,地球成为一个可以孕育生命的摇篮。6600

万年前的白垩纪,一颗小行星的撞击使恐龙和其他大型爬行动物灭绝,进一步为哺乳动物的繁衍进化提供空间。数百万年前非洲的类人猿学会了直立,这是人类诞生的起点。"

那天你犯了一个错误,一个致命的错误,你记错了白垩纪小行星撞击地球的时间。我很严厉地批评了你,让你当场背诵十遍。当时你正处于第一个叛逆期,你告诉我,"地球早已不在了,整个宇宙也寻找不到第二个它。为什么要记住这些?"

或许你已忘了,但我清楚记得,被愤怒占据了全部身心的我,高高抬起手掌。彼时我看到你漆黑的眼珠,想起地球上一种叫做羊的生物,它们在很长一段时间是替罪者的符号。

于是我当着你的面,打了自己一耳光。

7

参微星人因身体构造原因,喜欢思考大于行动,在漫长进化中,逻辑成了指导参微星人生存的最高理念。与此同时,他们的大脑越来越发达,四肢越来越退化,寸步难行的参微星人不得不依靠数学进化和发展,数学是导致这一结局的元凶,也是目前唯一的出路。

在某个时期,参微星人还存在家庭观念时,他们之间的结合以彼此的数学学识为基准。在漫长的社会演变中,脱离了生存和繁衍危机的参微星人,敏锐地觉察到数学里隐藏着宇宙运行的真理,从此数学成了他们探索一切的工具。

在百年前,参微人已经通过数学建立了逻辑井然的世界,但数学的使用范围,仅限于对已发生的事进行解释。比如某位首领在出门的时候,被窜出来的动物撞了一下,他便能迅速计算出导致此事发生的一系列前因,也就是公式最左边的数,我们称之为起始点,是南半球一场临时的铁雨。

再往后,他们可以用数学推算即将发生的事。中世纪一位有名望的夫人,是那个时代最杰出的女性数学家。她与首领结为伴侣后,通过计算得出他们的结合是必然的。在一起生活七年后,这位夫人又计算出他们的分开将发生在三天后。

参微是这个时代最伟大的数学家、逻辑学家,他不满足于论证过去与未来,他认为宇宙运行的终极奥秘就是数学。他提出伟大猜想:如果想让一件事发生,只需要完成一个等式即可,等式右边的答案,就是希望发生的事,等式的左边是与答案相关的一个起点和一个可以让起点变成目标的公式。这便是参微公式。

这些都是我刚降落参微星时,刚刚证明了参微公式的参微本人跟我讲述的。当时我被恐惧占据全部身心,从没想过有一天我会对它爆发出极度的热情。如果说当时的我对它有多厌恶,如今的我对它就有多渴求。

为了帮助我,使者派遣三位参微星人来教我,他们都被削减了70%的大脑玻璃纤维,从而能向下兼容我这个远古人的思维。我在跟随参微人学习的时候,你就趴在旁边,侧头聆听,你给他们起名为塔塔、呜呜和哈哈,他们是你在这颗星球仅有的朋友。

在漫长艰难的学习过程中,我终于发现参微星的数学与地球的区别了。

让我们以数学的根基 1+1=2 来举例。

在地球上,我们站在等号的左边,譬如已知 1+1,只需证明等号右边是 2 即可。但在参微星,他们已经站在等号的右边,给他们等于 2,他们可以在宇宙万物中找到可以使 ( )+( ) 等于 2 的数。

起初我以为只是思考的顺序换了而已。后来随着学习的深入,我逐渐心惊。让我以地球上一个经典的混沌现象理论蝴蝶效应来举例,一只南美洲热带雨林中的蝴蝶,偶尔扇动几下翅膀,可以在两周以后引起北美洲的一场龙卷风。

对地球人来说,它意味着已知蝴蝶扇动翅膀,我们得出可能会有龙卷风的结论。但对参微星人来说,如果他们需要一场龙卷风,总会通过计算找到这只蝴蝶,这只蝴蝶就是参微公式的起始点。接下来让蝴蝶扇动翅膀,保证龙卷风必须发生,便是参微公式。

我终于以地球人的思维了解到参微公式的可怕之处,距离你体会到这一刻还有很多年。从那以后,你臣服在参微的绝对威力之下,你的世界也彻底向逻辑与理性倾斜。在我刚刚触摸到参微公式的门槛时,参微星已经再次发生剧变。为了以最快速度解开更为复杂的参微公式,领略宇宙的终极真理,每个参微星人都将自己的大脑与参微相连。

这颗行星就是一体同化的终极大脑,是超多个体的集合。

有一天,他们问了我一个问题。

不透明袋子里有10块一模一样的石头,其中只有1块是红色,其余都是白色,请问,闭着眼睛随机摸出一块,摸出红色石头的概率是多少?

"当我决定要摸出红色石头时,答案就是1。当我决定摸出白色石头时,答案就是0。"你回答道。在我说出答案之前。

在身体成为半个参微星人以前,你的思维已率先展现出对数学的天分。你很快将对哎呀星全部的热情转移到了数学上,跟塔塔他们学习知识。被我抛弃又再次被你抛弃的地球生态系统此时蜷缩在角落,被戴维斯安放在装大型哺乳动物标本的陈列架上。它从一颗行星被复刻到太空舱,又从太空舱被微缩到生态箱,它的生存空间被一步步压缩,冥冥之中验证了超级计算机运行的结果:在已知宇宙,找不到第二颗地球。

现在,哎呀星是一颗微缩的小型地球了。

我在世界上最小的星星上看见昆虫的一次进化的那天,你展现出惊人的数学天分。

那年你3岁。

8

在你3岁那年还有一件事,当我为了给正在没日没夜寻找第二颗地球的超级计算机腾出空间和供应能量而撤掉大部分微型生态系统时,我们爆发了人生第一次冲突。你大哭大叫,甚至抓起一台操控板扔向超级计算机,企图毁掉这台罪魁祸首。

"它是一台破机器,我讨厌它!"

戴维斯的机械臂将你牢牢制住,悬在空中。

那时你才知道,营地享有最高保护权限的是那台整天"嗡嗡"运行的计算机,而不是你。

为了安抚你,也出于某些原因,我给你留了一台微型生态箱。它完全属于你,你给它起名叫作哎呀星。

"我跑遍了整个参微星,只有我和你两个人是碳基生物,其他生命体都不是。我是怎么来到这里的?"

12岁的你让这件事发生的时机非常微妙,它发生在刚好有了答案的这一刻。

我与你面对面坐下,仔细凝视着你的脸,然后说出答案。

9

我被从休眠状态唤醒的时候,"夸父号"上只剩我一个人还活着,其余的探险家在漫长的宇宙探索中陆续死亡。我在"夸父号"长达500年的漂泊中只被唤醒了三次,这一次,是戴维斯检测到距离10万公里处的行星有生命痕迹。在苏醒后的这段时期,我通过航行记录,得知上一次与其他探险号取得联系,已是400年前的事了。

整个宇宙只剩我一个人类。

飞船降落时发生了撞击,我在绵延数百里的晶体覆盖群紧急着陆,从救生舱爬出来时，我被眼前的植物吓住了。这些在阳光下散发出五颜六色光芒的晶体植物，均是完美的多边形，我像是走在人类超级计算机设计出的完美画面里。它们太过规则，使我毛骨悚然。

这是见到地外生物的正常反应，当参微星使者找到我时，一个探险宇航员的基本素养迅速恢复，我打开腕部的全息摄像，紧张而又期待地迎接这一刻。

事情的走向，与我的设想完全不同，参微星人对我的到来毫不惊讶，甚至略带欢欣。在他们光滑完美的脸上，我微妙的感觉出这种情绪，这归功于地球人类的复杂和混沌。

已知人类与地外智慧生物的第一次交流，全息影像记录如下。

"地球人，欢迎你的到来，我们为此足足等待了1000年。"

我被簇拥着上了他们的飞行器，飞行器停在一座巨大的光洁的建筑物前，在步入大厅前，使者依然用地球语言跟我说："请吧，请揭晓参微星的未来。"

大厅里坐满了人，台上有两人，他们长得极为相似，我分辨不出来。

有人问我："地球人，请详细描述一下，小行星是以切线撞击地球的，还是以向心力？"

在事情发生后这么多年，我没有一次能成功叙述这一刻感受，你推崇的理性不行，我纯粹的感性也不行，它是两种理论叠加的产物。我试图将那一瞬无限拉长，像地球上的默片一样还原当时的每一个时间粒。

一开始我没能说话，我刚从500年的冷冻中苏醒，还没来得及接受眼前的一切。从参微星人提出问题到我理解它的全部含义，这中间大概持续了有三分钟。

我没有思考这个问题背后的意义，我的大脑为了保护我切断了思考程序。当时我张了张嘴，细微的嘶哑声，短暂的失语中。大厅一片沉默，所有参微星人都在等待我的回答，我再次回忆起其他探险号传回的画面，一颗小行星正以巨大速度飞向地球。

我喘不过气来，参微星人此时把手掌轻轻放在我的肩头，一股奇异的力量传来，我的心跳降下来，我可以正常开口说话了。我第一次可以将它的过程完整讲述，归功于大脑自动宕机，将我变成一个机器人。

"它直直砸进北美洲……"

话音刚落，全场响起欢呼声，他们的声音很特殊，大约在50分贝，十分悦耳动听，我在海浪般的欢呼声中跟着笑了，像古罗马时代，斗兽场上的观赏物。

台上的一个人转身向另外一个人说，"参微，恭喜你，你证明了参微公式。"

我忽然什么都听不到了，大脑恢复运转，我终于知道那一刻我的想法和感受：刚刚碰面的两万光年以外的外星人，是如何得知500年前地球毁灭细节的？

在参微星神之纪年元年，我见证了参微公式诞生。此后，参微本人亲自向我说明一切。那段艰难的过程已经过去，我终于可以非常冷静地向你描述那一切。

参微公式，是通过大量计算，找准起始点，在一连串事件中形成参微震荡，让一件极低概率事件必然发生。参微星人通过最顶级的数学，将混沌学中的变数，变为定数。换句话说，给参微星人一个起始点，穷举出以此为基准点发生的所有可能性，找到那亿万分之一的概率，然后确保这个概率变成1，这个过程，就是参微公式。

"可是，参微公式与地球的毁灭有什么关系？"我这样问道。

参微的眼睛看着我，那是黑曜石一般的晶莹剔透，让我想起人类医学家透过隔离窗看实验动物的眼神。

"地球，是我毁灭的。"

为了验证参微公式在宇宙中的通用性，以一定加速度向太空某个特定方向发射一枚动推进力器，它会在某个时间段后撞击一颗行星，该行星产生的碎片会在宇宙中产生参微震荡，导致两万光年以外的大陨石直直撞向一颗行星。

半人马座，太阳系，地球。

我起初很镇静，地球末日之前的时光在我的脑海里轮番上演。当地球文明探测到这颗披着两万光年之外寒光而来的巨大小行星时，距离它撞击地球还有50年。彼时人类已经建立地月通道，计划移民火星，对于这颗天外飞石，抱着从容的心态，击毁它的方法很多，况且在它降临地球之前，很可能已经在陨石带被撕成碎片。

人类的狂妄使他们丧失了先机，在小行星距离地球还有10年的距离时，它的体积没有变小，速度却更快。人类开始恐慌，疯狂研究光速飞船。在大碰撞爆发前5年，上百艘宇宙飞船被制造出来并发射，大部分还未飞出半人马座，便在宇宙中失去了踪影。

我是最后一批探险者，也是最后一个人类。

这一切的一切，源于高级文明的一次试验。

不知何时我开始歇斯底里，尖叫，咬任何东西，对着天上的星星疯狂扫射，摧毁一切可以摧毁的东西。参微星人给我使用了可以让我瞬间睡眠的东西，我醒来时躺在破碎的"夸父号"，从残缺的舱顶看漆黑苍穹，闪烁的点点星光使我害怕。我的眼睛忽然看不见了。我的宇宙和星空恐惧症就是在那时开始的。

我躲进底舱，在同伴使用过的驾驶舱里疯狂触摸一切。视力恢复后我蜷缩进休眠舱，拿出枪，对准自己的太阳穴，我要死在母亲怀里。

这是你最不喜欢的部分，关于我完全被情绪掌控的一面，我希望你记住此时我的痛苦和绝望，记住身为蝼蚁的命运，记住这份屈辱。

在我准备扣动枪的时候，我的心跳忽然停顿，我感到一股力量在体内萌发，我在我已经死去的躯体里发现了你。

你是我的新世界。

关于人类繁衍，这是你难得觉得富有逻辑诗意的部分。在临别前，我与地球上的一位男性进行了末日狂欢下的结合。那时候，他遗留众多生殖细胞在我体内，其中一颗成功与我的生殖细胞结合，而我对此毫无察觉，我成功登上"夸父号"，被休眠，被唤醒，直到彼时彼刻，你这颗坚强的胚胎，陪我度过百年沉睡，穿越无边宇宙，在参微星相遇。

这一切，是神的安排。

## 10

"为什么现在才告诉我这些。"你在桌子另一端，表情几乎没什么变化，即便早知你有天分，我仍惊讶于碳基的你在逻辑性与理性上与参微星人如此相像。如果不是你的母亲，我几乎会错过你漆黑瞳孔里流淌的情绪。即使装上机械肢，体内流淌的血液还是轻而易举将你拖回茹毛饮血时代，那是生存的本能——恐惧。

"因为薛定谔的猫。"我答道。

## 11

你曾向我抱怨，我对冰冷的计算机投入太多感情，特别是在它已宣布找不到第二颗地球的情况下，我还在营地地下二层没日没夜地沉浸在计算机的轰鸣声中。现在，我终于可以告诉你，有什么自那轰鸣声中诞生了。

首先，请回忆参微公式，等号右边是一件未来你想要它发生的事，等号左边是一长串非常复杂的数字和符号，它的尽头，是起始点。我设计了等号右边，它的起始点却并非一个"常态"，而是一个包含了两种可能的"量子叠加态"。

你必须清楚地记得，那件事发生的每一个细节，记住我的姿态和表情，我紧张敲击桌面的节奏，记住计算机的"滴滴"声，那是薛定谔的猫盒子被打开的一瞬间，量子坍缩成一个新宇宙。

在此之前，我准备了"两只猫"。一只是我在长桌前，与你面对面告知事实真相。另外一只是关于我是宇宙探险家，在这颗星球上安营扎寨，并拥有你的故事。

现在的你敏锐觉察出两者的不同，两只猫决定了两个不同的宇宙。让你感受身为蝼蚁的卑微和屈辱，还是葆有对纯逻辑及绝对强大的热爱和崇拜，是两个不同起始点。

是巧合也是必然，在你问我的那一刻，从你3岁起开始重新计算的计算机，终于推出起始点，就是我递给你的那只猫。

12

"我知道薛定谔的猫是什么意思，我想问你是什么意思。你从飞行器上下来，我发现你没有戴厚重的防护罩，你的胸腔处多了一个玩意儿，那是呼吸系统，从此后你可以自由行走在参微星了。那天在听闻母星毁灭真相后转身离开的你，让自己进一步成为参微星人。原有秩序被彻底摧毁后，臣服于绝对强大，是人的本能。我明白，因为我也曾经历过。"

"你来的正是时候，我刚好要给你看样东西。"我把一块组织切片递给你。

13

如今参微星人已进化到生命一体化，他们的物种繁衍非常简单，参微人通过复制自己和伴侣的一部分来实现繁衍和人口增长。作为硅基生命，他们的寿命很长，如今已实现了永生。

但我一直没告诉你，即使没有遭遇陨石撞击，没有生病受伤，一个健康的人类，最终也会在某个年纪死亡，这是碳基生命的正常新陈代谢。现在你还不能体会死亡的含义，你身边从未出现过这样的事例。请你想象，忽然有一天，营地失去能量，戴维斯内部运行的一切忽然停止，它永远消失，仿佛没有来过这个世界一样，这就是死亡。

对于人类，死亡到来那一刻，心脏首先停止跳动，血液不再输送氧气，大量脑细胞死亡，失去动能的脏器就像没电的戴维斯，不得已停止工作。而我，会像进入永眠一样，不再醒来。

那时候，你是宇宙间唯一一颗地球诞生的唯一一个人类，你会再次感受到在我体内，陪我度过的那些无尽黑暗和漫长时光。

## 14

"为什么？"

"因为我要死了。"

"你为什么拒绝参微要给你永生的提议？"

你生气了，这很好，我的目的达成了。

"因为我要你感受孤独。"

孤独，是我施加在参微公式的变量调整。

## 15

我会很快死亡，死在你的出生地。你不喜欢这里，曾无数次抱怨我身处地下的孤僻和倔强，抱怨我贴在墙上的所有你看不懂的文字和画面。现在我可以告诉你了，身处地底的营地是我早就建造好的坟墓，是最后一座地球博物馆。没有人会把坟墓称之为家，我的家在500年前遭遇超级行星大撞击的蔚蓝星球上。

在我得知地球毁灭真相的那一瞬，我就已将自己埋葬，而你，是这块墓地的纪念碑。

16

"很好,你成功把我变回一个被情绪掌控的地球人了,你到底要做什么?"

"再救我一次。"我把哎呀星递给你。

17

在你对世界无知无觉的时候,救过我两次,第一次让我活着,第二次让我醒来。

在参观完参微一世竣工仪式那天回来的路上,我再次被绝对强大攫住后颈,瞬间回到参微公式问世那天,我陷进绝望的沼泽,无法自拔。是你,让我从养育新生命的极端逃避情绪中清醒,我开始在宇宙中探寻重建新家园的其他可能性。

你3岁的时候,我的母星微缩在哎呀星,哎呀星又给了我新地球。

我在哎呀星上看到昆虫的一次完整进化。我忽然想到,参微公式毁灭的,就交给参微公式来复活。

现在我可以告诉你,有了你的恐惧为起始点,你的孤独为变量调整,等号右边的结果是什么。

你知道,无论是参微星人还是地球人,每个人都有自己的代号或名字,你一直称我为妈妈,我喊你女娲,你的名字来源于地球一个古老文明神话中的造人者。

妈妈,是地球上最小单位的造人者。地球在某种语言意境下,是土,土是万物之源,生命之源。地球创造了一切。

现在你知道,地球孕育了我,是我的母亲,而我孕育了你,是你的母亲。那么,背负着地母称号的你,会创造什么样的生命呢?

答案在等号右边,你要创造新人类。

我在你的哎呀星上看见的那次进化,让我想起了人类的起源。与其在茫茫宇宙中找寻新星，不如在旧址重建家园。

现在，被参微操控的撞击摧毁后的地球正处于冰封时代，它冰冻的体内已经有生命胚胎，就像你在我体内一样。它需要第二场大撞击，让生命重新进化成人类。这就是我营地里计算机日夜的轰鸣，那是地球重生的微弱心跳。

这是我的公式，你是我的参微。

我的生命即将走到尽头，我所设想的一切，只能寄希望在既可以长生，又掌握了先进数学理论的你身上，一个地球参微新人类。

参微星给了你终极理性，而我，除去给你碳基血与肉，还要给你感性——灵与魂。你会在未来某一天，计算出第二次撞击的时间、动量和角度，这是不亚于让地球毁灭的第一次撞击的计算量，我相信你可以。那天，你会发射出一枚推进器。

现在我要向你描述最后一个画面，作为我留给你的遗产。"夸父号"逃离地球时，我还未进入休眠，我从舷窗看到地球变得越来越小，飞船从大气层带出白色弧线，那是地球毁灭前留下的最后影像。地球像一位灾难来临前，高高伸出手臂将孩子抛向安全地方的母亲。而你，未来射出的推进器，便是人类之母往外伸出的手臂，你的子民将在那里复活。